MON CARNET ANTISTRESS

MON CARNET ANTISTRESS

40 EXERCICES À METTRE EN ŒUVRE POUR VOUS ÉPANOUIR

JAIME ZUCKERMAN

Marabout

SOMMAIRE

3 IL FAUT LE RESSENTIR POUR EN GUÉRIR 91

INTRODUCTION

Il arrive à tout le monde, un jour ou l'autre, de se retrouver coincé dans ses pensées. Et en vérité, beaucoup de gens s'en trouvent très bien. C'est un état familier, rassurant. Cependant, si vous faites un pas de côté pour prendre conscience du temps que vous passez dans votre tête, vous allez commencer à voir à quel point vous êtes déconnecté du moment présent. C'est la stratégie d'évitement des pensées et émotions désagréables qui nous maintient dans cette captivité de l'esprit. Plus nous y passons de temps, plus notre niveau de stress et d'anxiété augmente. Alors pourquoi choisir de rester si souvent dans nos pensées, au détriment de notre santé mentale ? C'est simple : parfois, affronter nos pensées et nos émotions dans le moment présent fait trop mal.

Aider les gens à quitter le mental pour s'ancrer dans l'instant présent est la base du travail que je fais à mon cabinet. Quand je demande à mes patients quels sont leurs objectifs concernant la thérapie qu'ils entreprennent, les réponses les plus courantes sont : « Je veux me sentir plus heureux » ou « je ne veux plus être angoissée ». Cependant, ces objectifs rendent leur progression plus compliquée. Cela vous interpelle sûrement. Comment souhaiter plus de bonheur pourrait-il être un mauvais objectif ? Tout le monde veut être heureux ! Dans un monde idéal, oui, nous pourrions choisir d'être heureux en permanence. Le problème, c'est que personne ne vit dans un monde parfait. Chacun rencontre au cours de son existence un large éventail d'expériences et d'émotions.

Les objectifs se basant sur les émotions sont voués à l'échec. Pourquoi ? Parce que les émotions sont changeantes par nature. S'efforcer d'atteindre un état émotionnel stable est impossible. Si le bonheur est la cible que vous souhaitez atteindre, imaginez-vous qu'elle est en déplacement permanent. Vous ne pourrez pas indéfiniment éviter les pensées et sentiments douloureux. Au bout d'un moment, essayer de viser juste devient frustrant. Vous allez vous sentir vaincu, agacé, inquiet. Plus grave, cette frustration risque de vous porter à croire que vous êtes incapable d'être heureux, quels que soient les efforts que vous fournissez, ce qui engendre des sentiments d'impuissance, de désespoir et de perte de contrôle. Et vous voilà en proie à un risque accru de troubles anxieux, de dépression, et de dégradation générale de votre santé mentale.

Ressentir toutes sortes d'émotions – eh oui, même les mauvaises – fait partie de l'expérience humaine. Et quoi qu'on en dise, il est acceptable de ne pas se sentir bien. On ne contrôle pas les émotions ni les pensées qui surgissent en nous. Cependant, nous pouvons contrôler notre réaction à nos émotions, à nos pensées, et aux gens qui nous entourent.

QU'EST-CE QUE L'ANXIÉTÉ ?

« Je suis angoissé ! » Nous avons tous prononcé ces mots de nombreuses fois, et nous les avons également entendus à maintes reprises. Mais est-ce de l'anxiété, du stress ? Il est important de saisir la différence. Le stress est une réponse normale à des situations et des événements de la vie de tous les jours. Le travail, la famille, l'argent et les relations peuvent contribuer au stress que nous ressentons quotidiennement. Plus une situation vous semble hors de contrôle, plus vous risquez de vous sentir stressés. Et croyez-moi, notre corps est bien conçu pour gérer les événements stressants. Nous possédons un système de réaction intégré connu sous l'appellation « réponse combat-fuite ». Lorsque votre cerveau estime que vous êtes en danger, il déclenche ce processus, afin que vous puissiez gérer au mieux cette situation dangereuse. Et même si les manifestations physiques semblent désagréables (cœur battant la chamade, souffle court, transpiration, par exemple), elles ne sont pas néfastes, au contraire, elles sont très utiles, nous permettant d'être attentifs à notre environnement, pour notre propre sécurité. Mais des réactions de stress prolongées, sans qu'on s'attache à résoudre le problème, peuvent avoir des répercussions physiques majeures au fil du temps. Problèmes cardiaques, douleurs chroniques, insomnie, système immunitaire affaibli peuvent être des effets secondaires chroniques d'un stress prolongé.

Voilà donc pour le stress, mais qu'en est-il donc de l'anxiété ? Elle se caractérise par le sentiment d'une nervosité intense, d'inquiétude extrême, par des pensées intrusives et par des symptômes physiques tels que vertiges, tremblements, sueurs et palpitations cardiaques. Les gens ont souvent tendance – et on les comprend ! – à éviter les situations qui produisent ces émotions. Cependant, l'évitement systématique peut interférer de manière significative avec le quotidien. Il est important de ne pas oublier que l'anxiété est une émotion naturelle chez les humains. Il est donc irréaliste d'espérer l'éviter complètement. En fait, elle est nécessaire à la survie et à la protection de l'espèce. En quantité modérée, l'anxiété nous motive à atteindre nos objectifs. Elle nous incite à réussir à l'école, dans le sport, ou au travail. Si l'anxiété est bénéfique, pourquoi ce que nous ressentons est-il si désagréable ? Tout d'abord, il faut comprendre que les êtres humains sont équipés pour la survie et la satisfaction, pas pour baigner dans le bonheur constant. Pourtant, dans notre société, la notion de chercher à accéder au bonheur parfait est très présente. Si bien que lorsque nous ne sommes pas complètement heureux, nous interprétons ce sentiment comme déplaisant et nous essayons de nous en débarrasser au plus vite. Mais que se passe-t-il lorsque cette émotion peu agréable est la réaction appropriée dans une certaine situation ? Par exemple, si vous perdez votre emploi, il est parfaitement approprié de vous sentir triste. Cette pression pour atteindre l'objectif du bonheur nous incite à repousser coûte que coûte toute émotion contraire. Voilà pourquoi les expressions « ça pourrait être pire » ou « allez, il faut positiver » peuvent être si handicapantes. C'est ce qu'on appelle parfois de la « positivité toxique », à savoir l'idée selon laquelle nous devrions être toujours heureux, quelle que soit la situation, ce qui sous-entend que se sentir triste ou anxieux dans certaines situations serait pour ainsi dire mauvais, inapproprié. Pourtant, essayer d'éviter les sentiments désagréables a pour effet de créer une version encore plus intense de ces émotions réprimées.

Une certaine dose d'anxiété est donc normale, et il peut être contre-productif d'essayer de s'en débarrasser complètement. Mais si ce sentiment devient constant, basé sur une inquiétude irrationnelle qui ne veut pas se taire, si cela cause des problèmes importants dans votre vie (par exemple, avoir tendance à éviter des gens, des lieux et des choses qui ne représentent pas de réel danger), alors il faut se pencher sur la question. Si vous vous reconnaissez dans cette description, vous avez peut-être un trouble clinique de l'anxiété. L'anxiété constitue le diagnostic de désordre psychologique le plus courant aux États-Unis, touchant environ 40 millions d'adultes chaque année, soit près de 18 % de la population. Les troubles de l'anxiété se traitent aisément, mais seulement 35 % des personnes souffrant de ce problème reçoivent un traitement sous une forme ou une autre. L'anxiété clinique peut prendre diverses formes : anxiété sociale, troubles obsessionnels, trouble généralisé de l'anxiété et attaques de panique.

Que vos problèmes d'anxiété aient atteint un niveau clinique ou non, ce manuel pourra vous aider. Vous apprendrez diverses techniques qui vous aideront à supporter votre anxiété et votre stress au lieu de tenter de vous en débarrasser. De plus, vous aurez des stratégies pour vous aider

---

La « positivité toxique » est l'idée selon laquelle nous devrions être toujours heureux, quelle que soit la situation, ce qui sous-entend que se sentir triste ou anxieux serait pour ainsi dire mauvais, inapproprié.

à gérer le stress quotidien. Le simple fait d'apprendre à mieux réagir face au stress du quotidien peut vous aider à rester plus longtemps ancré dans le présent, à augmenter votre productivité et mener à une amélioration de votre santé mentale et de vos relations avec les autres.

Afin de comprendre votre anxiété, il convient de la diviser en quatre composantes fondamentales : vos émotions, votre corps, vos pensées et vos comportements. Nos émotions sont constituées de tous les sentiments qui surgissent en nous dans une situation donnée (colère, inquiétude, culpabilité, tristesse, etc.). C'est dans notre corps que s'expriment les sensations physiques que nous avons lorsque nous sommes anxieux (pouls accéléré, respiration superficielle, ventre serré, maux de tête). Il faut aussi prendre en compte les modifications physiologiques comme l'augmentation du taux de cortisol (surnommé hormone du stress). La troisième composante de l'anxiété est le processus de pensée, la « cognition ». Cela inclut les pensées que nous avons sur nous-mêmes, sur les autres, sur notre relation au monde. Voici des exemples de processus de pensée anxieux : « Tout le monde va se moquer de moi » « et si ma migraine n'était pas une simple migraine ? » « et si personne n'apprécie mon projet et qu'il n'est pas retenu ? » Et enfin, il y a nos comportements, c'est-à-dire ce que nous faisons en réponse à notre anxiété. Cela peut aller de la gloutonnerie à l'isolation sociale. Par exemple, vous décidez de rester seul à la maison au lieu d'aller à l'anniversaire d'une amie parce que vous vous sentez trop angoissé. Ou vous avez une présentation à faire le matin et prendre la parole en public vous stresse tellement que vous vous portez malade, et demandez à votre assistante de faire la présentation à votre place.

La capacité à diviser l'anxiété en parties distinctes aide à identifier le problème, mais aussi à le traiter. Cela nous indique nos déclencheurs (une pensée négative, une accélération du rythme cardiaque, la perte d'un emploi), ce qui permet de cibler la réponse. Cette façon de faire donne aussi l'occasion de voir son anxiété de manière plus objective. En identifiant ce que vous pensez et ressentez, vous créez un espace salutaire entre vos symptômes et vous-même.

L'ÉVITEMENT DANS LES TROUBLES ANXIEUX

Les gens sont plus performants lorsqu'ils se comportent en accord avec leurs valeurs. Lorsqu'il y a un écart entre nos actes et nos valeurs, nous avons plus de risques de souffrir de stress, d'anxiété ou même de dépression. Alors pourquoi nous comportons-nous délibérément complètement à l'opposé de ce en quoi nous croyons ? C'est l'évitement. Nous voulons éviter les émotions désagréables et les pensées négatives. Nous nous obstinons à atteindre un état de bonheur, si bien que nous luttons contre tout ce qui pourrait menacer cet objectif et nous faisons tout pour ne pas nous sentir mal. Pourtant ces efforts pour chasser tout malaise intérieur aggravent les choses.

Par exemple, supposons qu'il est important pour vous d'être un employé responsable. Il serait donc logique qu'arriver à l'heure, respecter les délais et travailler dur soient des comportements qui accroissent votre fierté, votre confiance en vous et vous mettent de bonne humeur de manière générale. Ces comportements vont dans le sens de vos valeurs (être un bon employé). Mais supposons que votre travail soit une cause de stress en ce moment. Pour échapper à ce sentiment, vous vous faites porter pâle, vous manquez des rendez-vous et vous travaillez moins, car vous vous sentez dépassé. Ces manquements font baisser vos performances et une promotion vous passe sous le nez. Vos efforts pour éviter le stress causé par votre travail vous ont peut-être procuré un soulagement temporaire, mais au final, ils vous ont éloigné de votre objectif, de vos valeurs.

Quand vous cherchez à éviter ce qui vous donne des sentiments désagréables, vous provoquez un effet pervers : vous engendrez encore plus de sentiments désagréables. De plus, vous internalisez le message suivant : « Je ne suis pas capable de gérer les émotions difficiles. » Considérons un autre exemple : le fait de boire de l'alcool. Beaucoup de gens appréhendent les occasions rassemblant un grand nombre de personnes, car cela provoque de l'anxiété chez eux. Ils craignent le jugement des autres, se trouvent bêtes lorsqu'ils font la conversation, ne se sentent pas à leur place. La réticence à affronter ces pensées et sentiments inconfortables tout en socialisant à une soirée constitue une des principales raisons pour laquelle les gens boivent de l'alcool dans ce genre de contexte. Car l'alcool fait momentanément taire leur anxiété, ce qui les aide dans un premier temps. Mais le soulagement est de courte durée, tandis que la croyance que cette personne a besoin d'alcool pour socialiser est renforcée. C'est un cercle vicieux.

Cette intolérance à l'inconfort émotionnel se rencontre souvent chez les perfectionnistes. Les gens qui se reconnaissent dans cette qualification craignent plus que tout l'échec. L'anxiété qu'ils ressentent devant une tâche axée sur la performance peut s'avérer débilitante. Afin d'éviter cette souffrance, ils se laissent aller à la procrastination. Ils se concentrent à tel point sur les détails qu'ils perdent de vue la tâche dans son ensemble, si bien qu'ils n'arrivent pas à la mener à bien, ou trop tard. Parfois ils ne s'y mettent jamais. On ne peut pas échouer tant qu'on n'a pas fini. Au début, ces comportements réduisent l'anxiété, mais ce sont des solutions à court terme. En procrastinant, on échoue forcément, ce qui confirme la crainte initiale.

Bon. S'il est mauvais d'éviter les pensées et sentiments anxieux, que faut-il faire ? Les assumer. Les tolérer. Observez, sans juger, ce qui vient à vous sur le moment. Et puis laissez passer. Vous éprouvez ces sentiments désagréables, accueillez ces pensées inquiétantes, et dans le même temps, vous allez au-devant de ce qui vous rend anxieux. En d'autres termes, acceptez de ne pas vous sentir bien. Cela vous donnera l'occasion de constater que rien de dramatique ne se produit. Sans cela, vous vous seriez privé de cette expérience. Modifier ou éliminer des comportements qui sont malsains, qui participent à l'évitement ou qui ne vous correspondent plus, vous permettra de vivre une vie plus gratifiante, avec moins de risques de souffrir d'anxiété, de troubles de l'humeur et de difficultés relationnelles.

COMMENT UTILISER CE LIVRE

Contrairement à la plupart des livres de développement personnel, ce manuel pour gérer l'anxiété vous offre des exercices pratiques concrets, inspirés de traitements qui ont fait leurs preuves, comme la thérapie d'acceptation et d'engagement et la thérapie cognitive basée sur la pleine conscience. Les exercices sont classés dans trois chapitres, chacun abordant un concept clé de la gestion de l'anxiété. Ce livre a l'ambition de vous apprendre à considérer d'une autre manière votre anxiété. Par exemple, repérer les pensées au lieu de chercher à les stopper. Vous apprendrez comment endurer les sentiments anxieux au lieu de les redouter. En prêtant plus d'attention à votre corps, vous saurez reconnaître les manifestations physiques de l'anxiété.

Les exercices sont conçus pour être accessibles, compréhensibles et faciles à mettre en pratique. Quand une personne comprend pourquoi et comment une stratégie fonctionne, il y a plus de chances qu'elle l'utilise au quotidien. Veillez à choisir des exercices qui vous parlent vraiment. Il n'y a pas de bonne ou mauvaise approche pour utiliser ce livre. Toutes les stratégies sont prévues pour être utilisées n'importe quand, sans ordre particulier.

N
N
W
E
E

1

VOUS N'ÊTES PAS VOS PENSÉES ANXIEUSES

Dans ce chapitre, vous trouverez des outils et des techniques pour prendre conscience de vos pensées, les laisser exister, simplement, puis s'effacer, au lieu de vous battre contre elles. Plusieurs stratégies, comme les métaphores et les exercices de désamorçage, vous apprendront comment gagner en objectivité par rapport à vos raisonnements pour ne pas vous retrouver empêtré dans vos pensées et bloqué dans votre mental.

UNE PENSÉE N'EST QU'UNE PENSÉE

Vous avez peut-être l'impression que vos pensées anxieuses sont des vérités inébranlables, mais ce n'est pas le cas. En fait, il s'agit juste de bulles de pensées, rien de plus. Quand quelqu'un souffre d'anxiété, ses pensées se teintent d'inquiétude, sont irrationnelles, parfois tournent en rond, il n'arrive plus à les faire taire. La personne commence à croire les affirmations négatives qu'elle émet, les perceptions faussées qu'elle a d'elle-même et des autres. Il est donc logique que l'on essaie de chasser, ignorer ou oublier de telles pensées. Elles nous font mal et nous rendent mal à l'aise ! Mais, comme nous l'avons montré plus tôt, vouloir stopper délibérément les pensées anxieuses ne fait que les prolonger, et les empirer.

Supposons que vous soyez sur le point d'avoir votre premier enfant, et cela vous angoisse. « Et si je n'étais pas une bonne mère ? » « Et si les autres jugent que je suis une mauvaise mère ? » « Et si mon enfant ne m'aime pas ? » Ce genre de questionnements ne nous font pas de bien sur le moment, mais ils sont très courants, et ces inquiétudes sont normales pour de futurs parents. Si vous vous efforcez de refouler ces pensées normales, elles risquent de devenir plus fréquentes, dévorantes et envahissantes.

Pourquoi cela se produit-il ? Pourquoi ne parvenons-nous pas à nous débarrasser de pensées dont nous ne voulons pas ? Vous avez peut-être entendu dire : « Ce qu'on arrose devient plus grand. » Ce vers quoi nous dirigeons notre énergie gagne en puissance. Plus nous déployons d'efforts pour ignorer nos soucis, plus ils prennent de place.

Prenez en compte tout ce qu'il faut entreprendre pour s'astreindre à ne pas penser à quelque chose. Cela suppose de toute façon d'envisager d'abord la pensée. Par exemple, si vous essayez de ne pas penser à « une voiture bleue », il faut dire les mots « voiture bleue ». En fait, s'astreindre à ne pas penser à quelque chose vous fait automatiquement y penser. Alors comment faire barrage ? En n'essayant pas de chasser la pensée.

Ce chapitre comporte des exercices qui apprennent simplement à prendre conscience de ses pensées, sans jugement, de rester en leur présence et de les laisser partir d'elles-mêmes au lieu de s'efforcer de s'en débarrasser. Ces techniques, appelées « stratégies de désamorçage », aident à nous dissocier de ces pensées anxieuses, nous offrant des façons de considérer nos pensées de manière objective, en les observant de l'extérieur au lieu de se noyer *dedans*.

1

Quand les tracas DEVIENNENT ART

Cet exercice vous apprend à vous séparer de vos pensées anxieuses en utilisant vos cinq sens.

IL VOUS FAUT :

Un lieu tranquille

Un chronomètre ou un minuteur

Des marqueurs
ou des crayons de couleur

Pendant soixante secondes, concentrez-vous pour penser uniquement et délibérément à vos inquiétudes, votre stress et vos anxiétés. Prêtez attention aux émotions, aux pensées et aux sensations physiques qui surviennent.

Quand vous aurez fini, répondez aux questions suivantes :

1 Si votre anxiété avait un prénom, comment s'appellerait-elle ?

2 Quelle est la couleur de votre anxiété ?

3 Si votre anxiété avait une forme, quelle serait-elle ?

4 Quelle taille fait votre anxiété ?

5 Quelle est l'odeur de votre anxiété ?

6 Combien pèse votre anxiété ?

7 Si vous pouviez la toucher, comment serait la texture de votre anxiété ?

8 Quel bruit fait votre anxiété ?

Maintenant, dessinez votre anxiété dans l'espace ci-dessous :

En utilisant les caractéristiques dont vous avez doté votre anxiété, écrivez cinq phrases qui peuvent servir efficacement à vous distinguer de votre anxiété en ce moment. L'objectif est de vous rappeler que vous ne formez pas un tout avec vos pensées et sentiments d'anxiété. Par exemple :

- *« Tiens, voilà Martin qui revient... cette petite chose ovale, verte et gluante. »*
- *« J'entends de nouveau les cris perçants de Martin. »*
- *« Je commence à sentir la puanteur de nourriture avariée que trimballe Martin. »*

1

2

3

4

5

2

Recadrage LEXICAL

Les dialogues intérieurs négatifs, ainsi que les raisonnements en « tout ou rien », arrivent fréquemment lorsqu'on souffre d'anxiété. Les mots que l'on utilise jouent un rôle crucial dans le développement et la persistance des problèmes d'anxiété. Parfois, un petit changement subtil dans le choix du lexique peut avoir un profond impact sur votre humeur.

« MAIS » CONTRE « ET »

- *« Je fais des progrès grâce à la thérapie,* mais *j'ai encore des crises d'angoisse. »*
- *« Je fais des progrès grâce à la thérapie,* et *j'ai encore des crises d'angoisse. »*

Que remarquez-vous à propos de la différence entre ces deux affirmations ?

Quand vous utilisez le mot « mais », votre progrès semble anecdotique, car vous avez encore des crises d'angoisse. Et cela contribue à votre discours intérieur négatif.

Par contre, le mot « et » suggère que ces deux vérités peuvent coexister : en progrès *et* angoissé. Cela contredit le jugement initial négatif, laissant la place à un discours plus sain.

C'EST UN FAIT

- *J'ai eu l'air stupide en commandant à dîner devant la fille que j'avais invitée.*
- Je pense que *j'ai eu l'air stupide en commandant à dîner devant la fille que j'avais invitée.*

Que remarquez-vous à propos de la différence entre ces deux affirmations ?

La première se présente comme un fait. Tandis que la seconde précise qu'il s'agit simplement d'une pensée. Cela met de la distance entre vos pensées et vous. Cela vous permet d'examiner votre pensée au lieu d'être bloqué par elle.

Retrouvez une affirmation sur vous-même que vous avez pensée ou prononcée récemment. Écrivez deux versions de votre jugement en utilisant les deux techniques de recadrage présentées dans cet exercice.

1

2

Que remarquez-vous ?

Au fil de la journée, essayez de prêter attention aux mots que vous employez. Quand vous vous surprenez à utiliser des jugements négatifs sur vous-même, changez les termes et constatez la différence.

Notez quelques substitutions que vous avez faites. Est-ce que changer de mot modifie le sens de ce que vous dites ? De quelle manière ?

3

Projet POST-IT

Cet exercice vous apprend à prendre conscience de vos pensées dans l'instant présent, et à les laisser s'en aller d'elles-mêmes.

IL VOUS FAUT :

Un endroit calme

Un chronomètre ou un minuteur

étape
1 CHOISISSEZ d'abord votre couleur préférée pour vos Post-it.

étape
2 IMAGINEZ maintenant un tableau d'affichage juste à côté de votre tête.

étape
3 PENDANT UNE MINUTE, contentez-vous de rester assis, pleinement présent dans l'instant. Remarquez quelles pensées surviennent.

étape
4 CHAQUE FOIS que la pensée qui vous vient pourrait se mettre à tourner en boucle, écrivez-la mentalement sur un Post-it que vous collez sur le tableau d'affichage imaginaire.

étape
5 RÉPÉTEZ l'exercice trois fois. Ensuite, répondez aux questions suivantes :

1

Que s'est-il passé ?

2

Vos pensées vous ont-elles finalement quitté ?

3

Vous semblent-elles moins envahissantes ?

Opérer une séparation entre vos pensées et vous les rend moins intrusives et vous fait sortir du mental, si bien que vous pouvez vous concentrer davantage sur le présent.

4

Observez VOTRE INQUIÉTUDE

Cette fois, vous allez vous entraîner à supporter différemment vos pensées.

IL VOUS FAUT :

Un lieu paisible

Un chronomètre
ou un minuteur

étape 1

PENDANT UNE MINUTE, asseyez-vous et inquiétez-vous. Inquiétez-vous à propos de tout ce que vous avez à faire cette semaine, d'un délai que vous devez tenir... Inquiétez-vous à propos de tout ce qui vous tracasse.

étape 2

UNE FOIS LA MINUTE ÉCOULÉE, prenez cinq minutes de pause pour faire quelque chose qui n'a rien à voir avec vos soucis. Plier le linge ou consulter votre boîte mail, par exemple.

étape 3

MAINTENANT, PENDANT ENCORE UNE MINUTE, pensez de nouveau à tous vos soucis. Cette fois cependant, imaginez que vous observez vos pensées anxieuses sur un écran de télévision, un peu comme le générique de fin d'un film.

1 Qu'avez-vous constaté ?

2 Entre les deux méthodes, quand avez-vous davantage ressenti un combat intérieur ? Pourquoi ?

3 Laquelle était la plus facile pour vous et pourquoi ?

5

LE BAGAGE PERDU

Cette stratégie se concentre sur la gestion des ruminations. Il s'agit de pensées qui reviennent sans cesse, qui tournent en rond, quoi qu'on fasse pour les chasser. En fait, plus vous essayez de les bloquer, plus elles deviennent répétitives. Imaginez que votre chaîne hi-fi diffuse toujours la même chanson et que le bouton « arrêt » est cassé. Plus vous appuyez sur le bouton, plus le son est fort et la chanson longue. Voilà comment fonctionnent les ruminations.

Imaginez que vous attendez près d'un carrousel à bagages à l'aéroport. Le tapis roulant défile, les sacs commencent à apparaître. Et comme vos pensées, ils tournent en rond, passent et repassent.

Ci-dessous, notez certaines de ces inquiétudes qui vous reviennent sans cesse à l'esprit :

1 ……………………

2 ……………………

3 ……………………

4 ……………………

5 ……………………

6 ……………………

Imaginez maintenant que chaque pensée est une valise ou un sac sur le carrousel. Et chaque nouvelle pensée se retrouve immédiatement sur le tapis roulant.

À votre avis, que se passe-t-il si vous récupérez chaque bagage qui arrive ?

S'il n'y a pas de nombre arrêté de sacs que vous devez récupérer, quelle est selon vous la meilleure manière de traiter cette situation ?

Quand vous ramassez un sac, un autre surgit aussitôt. Si vous essayez de récupérer chaque bagage, vous allez vous épuiser, vous sentir dépassé, submergé de valises... alors qu'elles continuent à arriver. Quelle est la meilleure attitude à adopter ? Regardez simplement les sacs tourner. Sans les ramasser. Les pensées fonctionnent comme les sacs sur un carrousel d'aéroport. Quand vous vous saisissez d'une pensée et que vous vous inquiétez, que vous ruminez, ou que vous vous efforcez de la chasser, vous vous épuisez, mentalement et physiquement. Comme tenir de nombreux sacs, s'accrocher à ses pensées anxieuses alourdit et accable. Cela nous soustrait au moment présent, et nous empêche de nous concentrer sur les choses qui nous plaisent le plus.

6

Organiser UNE DÉFUSION

Cet exercice va vous enseigner comment la stratégie connue sous l'appellation « défusion cognitive » peut vous aider à être plus objectif au sujet des pensées qui tournoient dans votre esprit. Au lieu d'essayer de les contrôler en les supprimant ou en les modifiant, vous pouvez lâcher prise et les laisser simplement exister. Ne les ignorez pas, ne leur parlez pas, n'interagissez avec elles en aucune manière. Laissez-les tranquilles.

Visualisez votre jeu de plateau préféré. Vous êtes le plateau, vos pensées sont les pièces. Comme vos pensées, les pièces peuvent bouger en tous sens. Ce qui reste fixe, quel que soit le nombre de pièces qui se déplacent, c'est le plateau. Et tout comme le plateau qui existe indépendamment des pièces, et ne se trouve pas modifié par leurs déplacements, vous êtes indépendant de vos pensées. Cette métaphore est un très bon exemple de la technique de défusion cognitive.

Trouvez votre propre métaphore pour mettre en pratique le concept de défusion cognitive. Choisissez un sujet ou une idée qui vous plaît afin que la métaphore vous parle et soit accessible dans votre vie quotidienne.

En plus des métaphores, le langage que vous utilisez joue lui aussi un rôle important pour la défusion cognitive. Les mots que nous utilisons pour parler de nous quand nous sommes inquiets, stressés, ou simplement pour commenter notre vie quotidienne influencent notre capacité à nous montrer objectifs dans nos raisonnements.

Quand une pensée récurrente arrive, essayez de dire quelque chose de simple comme : « Ah la revoilà ! » Il est important que ce commentaire ne parle pas de l'inquiétude, ne cherche pas à la repousser. Il permet simplement à l'inquiétude d'avoir une existence extérieure à vous. Comme il n'y a pas d'effort pour prendre le contrôle, il n'y a pas non plus de lutte.

Un autre commentaire qui peut vous aider est la formulation : « Mon anxiété est en train de me dire que... » Cette phrase à compléter vous permet de prendre conscience du contenu de votre pensée anxieuse et vous donne le sentiment d'être une entité différente de votre anxiété. Au lieu de vous répéter : « Je ne réussirai jamais cet examen », vous dites : « Mon anxiété me dit que je ne réussirai jamais cet examen. » Reformuler votre inquiétude de cette manière vous permet d'observer votre inquiétude au lieu de lutter contre elle.

Trouvez quelques exemples de phrases que vous pouvez utiliser pour reformuler des pensées anxieuses et créer ainsi une distance entre l'anxiété et vous.

1

2

3

4

5

A-t-il été facile pour vous de trouver des exemples concrets ?

Quelles difficultés avez-vous rencontrées à propos de cette nouvelle manière de considérer vos pensées ?

Pensez à quelques soucis ou angoisses qui vous viennent fréquemment. Notez-les ci-dessous.

1

2

3

4

5

À l'aide de l'une de vos phrases de défusion, reformulez les pensées recensées sur la page précédente.

1

2

3

4

5

Comparez ces nouvelles phrases aux pensées d'origine. Que remarquez-vous ?

7

Juste EN PASSANT

Imaginez la scène suivante : vous dînez avec votre famille, et juste au moment où le repas est servi, un train bruyant déferle à l'arrière de votre habitation. Il est si massif et si bruyant que la table commence à trembler. Vous n'entendez plus la conversation, vous n'arrivez plus à réfléchir, vous ne pouvez plus vous concentrer sur quoi que ce soit hormis ce vacarme assourdissant.

Si vous aviez une force surhumaine, vous pourriez tenter d'arrêter le train. Mais au final, ça ne résoudrait pas le problème : le bruit, au plus fort de sa nuisance, s'en trouverait prolongé puisque le train serait bloqué juste à côté de votre maison. De même, essayer de bloquer une pensée désagréable ne la rendra que plus bruyante et plus invasive. La meilleure solution dans ce cas est de ne rien faire, de laisser le train passer, ainsi que la pensée, comme des invités indésirables.

Prenez un moment pour imaginer que vous vivez cette expérience avec le train. Prenez note des émotions, pensées ou sensations qui surviennent, surtout une fois que vous comprenez que vous ne pouvez pas vous débarrasser du train, mais que vous devez le laisser passer sans intervenir. Est-ce que cela vous a angoissé ? Avez-vous eu la sensation de perdre le contrôle ? Un sentiment d'impuissance ? Peut-être même de la colère ? Qu'avez-vous vécu ?

Au cours des prochains jours, soyez attentif afin de repérer les moments où vous aurez un sentiment comparable, où une pensée ou une émotion désagréable surgit. Au lieu d'essayer de refouler cette pensée, ce sentiment, laissez-les simplement exister et s'en aller. Décrivez ci-dessous ce qu'il s'est passé.

Quelle était cette pensée, cette émotion ou cette expérience désagréable ?

Qu'est-ce que ça vous a fait de la laisser passer sans intervenir ?

8

La fleur MAUVE

Cet exercice, qui s'inspire d'une stratégie mise au point par Steven Hayes, est un moyen extrêmement efficace pour montrer que se forcer à ne pas penser à quelque chose n'aboutit qu'à vous focaliser sur cette même chose.

IL VOUS FAUT :

Un endroit calme

Un chronomètre ou un minuteur

Scénario A

Fermez les yeux. Pendant une minute, ne faites rien d'autre que penser à une fleur mauve. Que sent-elle ? À quoi ressemble-t-elle ? De quelle nuance de mauve est-elle ? Quelle est sa texture ? Où vous trouvez-vous ? Dans un jardin, chez le fleuriste, dans un champ ? Y a-t-il beaucoup d'autres fleurs mauves ?

Scénario B

Reprenez l'exercice, mais cette fois, ne pensez pas à une fleur mauve. Si une fleur mauve surgit dans votre esprit, chassez immédiatement cette pensée et convoquez autre chose. Vous pouvez même avoir recours à des phrases de rappel du genre : « Quoi que tu fasses, ne pense pas à la fleur mauve. »

Après avoir fait les deux exercices, répondez aux questions ci-dessous.

1 Quel scénario vous a donné le plus de fil à retordre ? ____________

2 Quel scénario vous a semblé le plus intense ? ____________

3 Quel scénario vous a fait vous sentir le plus mal à l'aise ? ____________

Puisque de toute façon vous avez pensé à la fleur mauve dans les deux scénarios, posez-vous la question suivante : que préférez-vous ? Penser à la fleur mauve en étant stressé, anxieux et épuisé, ou penser à la fleur mauve en étant plus détendu, ce qui épargne votre énergie cognitive et émotionnelle ?

____

____

Lorsque vous vous imposez de ne pas penser à la fleur mauve, vous devez quand même prononcer les mots « fleur mauve » dans votre tête. Afin d'éviter une pensée, vous êtes forcé d'y penser.

9

Votre pire ENNEMI PERSONNEL

La manière dont vous vous parlez dans votre tête et les commentaires que vous faites sur vous-même peuvent générer beaucoup d'anxiété. Tout se passe comme si nous avions un démon armé d'un porte-voix qui occupe un espace au fond de notre esprit, Et lorsque ce vilain personnage se sent menacé, il saisit son porte-voix et lance des jugements et des critiques sur vos capacités et votre valeur.

Cet exercice va vous aider à identifier certaines affirmations qui appuient où ça fait mal, afin de déterminer comment les traiter.

« Je ne suis pas assez doué pour obtenir une promotion. »

« Il faut que je sois parfaite, sinon je ne vaux rien. »

« Les gens me trouvent bête. »

Notez certains de ces jugements trop critiques que vous portez sur vous-même :

1

2

3

4

5

Quand surviennent-ils ? Qu'est-ce qui les déclenche ?

Au lieu d'essayer de les étouffer ou de les ignorer, essayez une technique de défusion (page 32) pour mettre de la distance entre vos pensées et vous.

Que remarquez-vous ?

Est-ce que cela donne moins de pouvoir à la critique sur vous ? Que se passe-t-il ?

10

Au fond DU TROU

Cette stratégie peut vous aider à identifier à quelle fréquence vous vous laissez prendre au piège des pensées négatives, et à trouver un moyen pour en sortir !

IL VOUS FAUT :

Un endroit tranquille

Un chronomètre ou un minuteur

étape

1 TROUVEZ UNE POSITION CONFORTABLE et restez assis tranquillement pendant une minute en observant ce qui vous entoure.

étape

2 PRENEZ CONSCIENCE de votre dos qui s'appuie contre votre chaise, de vos pieds posés au sol, du bourdonnement sourd du réfrigérateur dans l'autre pièce, de l'odeur de fumée de la bougie que vous venez d'éteindre, du goût de menthe laissé dans votre bouche par le dentifrice...

étape

3 NOTEZ VOS OBSERVATIONS. Cet exercice a-t-il été difficile pour vous ? Qu'est-ce qui vous a posé le plus de difficulté ? Est-ce que des pensées intrusives vous ont arraché au présent pour vous entraîner au fond du trou ?

Reprenez cet exercice deux autres fois, en faisant une pause d'une minute entre chaque. Essayez si possible de noter le nombre de fois où vous vous laissez aspirer par vos pensées intrusives : écrivez ce chiffre ci-contre. Le fait de surveiller cette tendance vous aidera aussi en tant que point d'accroche pour vous ramener dans le moment présent.

1re tentative → *2e tentative*

Refaites l'exercice une dernière fois. Mais cette fois, lorsque vous vous prenez à dériver en pensée, utilisez une phrase de défusion (p. 32) afin de vous sortir du trou. Tenez le compte du nombre de fois que vous utilisez la technique de défusion. Dire quelque chose comme : « Voilà que je recommence » a non seulement pour effet de vous ramener dans l'instant présent, mais aussi de vous aider à vous dissocier de vos pensées.

Nombre de fois

SUIVI HEBDOMADAIRE

Sur une semaine, faites cet exercice deux fois par jour, en ayant recours à plusieurs phrases de défusion. Surtout, notez bien le résultat de vos tentatives ci-contre. L'objectif est de vous montrer comment le nombre de fois où vous vous laissez entraîner par vos pensées diminue au fil du temps, à mesure que vous vous habituez à faire face à vos pensées désagréables dans le moment présent.

	1re tentative	*2e tentative*
Lundi		
Mardi		
Mercredi		
Jeudi		
Vendredi		
Samedi		
Dimanche		

Au bout d'une semaine d'entraînement, que remarquez-vous ?
Est-ce que quelque chose a changé dans votre manière de gérer vos pensées ?

11

C'est l'heure DES INQUIÉTUDES !

Cet exercice démontre que l'inquiétude est une stratégie d'évitement pour se couper de sentiments désagréables. Tant que nous sommes dans le mental à nous inquiéter, nous ne sommes pas confrontés à nos émotions au présent. L'inquiétude est une illusion de contrôle. Elle nous fait croire que nous essayons de résoudre un problème, alors que nous restons uniquement dans notre tête, sur le canapé, à ne rien faire pendant vingt minutes. Au début, cela peut vous sembler une méthode efficace pour résoudre les problèmes, mais il s'agit en fait d'une stratégie inefficace et improductive qui aggrave l'anxiété, les problèmes de sommeil, de concentration et d'attention.

IL VOUS FAUT :

Un chronomètre ou un minuteur

Votre agenda ou un calendrier sur smartphone

Chaque fois que vous vous surprendrez à vous inquiéter au cours de la journée, utilisez une stratégie de défusion pour vous dissocier de vos soucis. Et déposez vos problèmes sur une étagère de votre esprit, pour vous en occuper plus tard. Cela va vous aider à rester ancré dans le présent.

Ensuite, choisissez un moment de la journée où vous allez consacrer deux minutes à vous inquiéter (essayez d'y passer un temps égal chaque jour pour plus de cohérence). Il sera utile de bloquer un moment sur votre planning pour cette activité quotidienne. Pendant ce temps, vous allez revenir à cette étagère mentale et lire tous les livres de soucis que vous y avez accumulés au fil de la journée.

Quels ont été les livres de soucis les plus mémorables ?

Qu'avez-vous remarqué pendant ce temps d'inquiétude ?

Il est fort probable que vous ayez oublié certaines inquiétudes que vous avez eues dans la journée. Nombre d'entre elles se sont avérées infondées et celles qui ont eu un impact vous semblent à présent insignifiantes.

12

SOIRÉE PIZZA !

IL VOUS FAUT :

Huit feutres
ou crayons de couleur

Lorsque nous sommes en proie à l'anxiété, notre cerveau est surmené. Pour économiser son énergie, il prend des raccourcis afin de donner un sens au monde. Par exemple, en ayant recours au raisonnement dichotomique ou « binaire ». Cette stratégie est très utile dans des situations de danger, car elle nous permet de prendre des décisions rapides. Cependant, lorsque la situation n'est pas menaçante, le fait de penser en « tout ou rien » aggrave l'anxiété. Voyez votre cerveau comme une pizza : plus il y a d'éléments stressants à la dérive dans votre esprit, moins il reste de parts disponibles. Lorsque cela arrive, il ne vous reste qu'une ou deux parts pour prendre en compte, comprendre et traiter les informations. Comme vous pouvez l'imaginer, non seulement cela aggrave l'anxiété, mais génère aussi de l'étourderie et des difficultés de concentration. Puisqu'il n'est pas toujours possible de se débarrasser, d'oublier ou d'ignorer les causes de stress, comment faire ? Il faut définir un ordre de priorité.

Notez vos huit inquiétudes les plus fréquentes ci-dessous. Il peut s'agir de soucis que vous avez eus dans la journée, la semaine passée ou de problèmes de longue date, chroniques. Assignez une couleur à chaque souci en cochant le rond à côté. N'utilisez qu'une seule couleur par souci.

1 ....

2 ....

3 ....

4 ....

5 ....

6 ....

7 ....

8 ....

À l'aide du schéma de pizza ci-contre, coloriez la part occupée par chaque souci avec la couleur que vous lui avez attribuée. Utilisez autant de part que vous voulez pour chaque souci, ou seulement une fraction de part. Il n'est pas nécessaire de colorier l'intégralité d'une part. Par exemple, si votre lombalgie chronique vous inquiète beaucoup, vous pouvez colorier 3 parts 3/4. Si vous appréhendez l'approche d'un examen, mais que cela vous préoccupe moins que la lombalgie, vous pouvez colorier une demi-part. Deux soucis ne peuvent occuper la même quantité de pizza.

Prioriser les soucis aide à voir qu'aucun problème n'est catastrophique. Visualiser l'inquiétude de cette manière vous permettra de gagner en objectivité sur son véritable impact. Lorsque nous percevons l'inquiétude comme moins accaparante, nous avons moins tendance à recourir au raisonnement binaire, ce qui nous permet de nous occuper de choses que nous apprécions et qui comptent pour nous. Nous libérons des parts de pizza pour des choses agréables.

Avez-vous eu du mal à formuler des inquiétudes spécifiques, et à les faire passer de votre esprit à la feuille ? Si c'est le cas, pourquoi ?

Qu'avez-vous remarqué en travaillant sur votre pizza ?

Parvenez-vous à voir vos soucis différemment ?

Est-ce que certains soucis vous ont surpris, par rapport au nombre de parts qu'ils occupent ?

Est-ce qu'il vous est resté des parts ou des morceaux de parts ? Si c'est le cas, listez des choses agréables que vous voulez faire maintenant que vous avez libéré des ressources cognitives et émotionnelles.

1

2

3

Comment le fait de changer la manière dont vous percevez vos inquiétudes peut-il améliorer votre santé mentale ?

2

ÊTRE DANS SON CORPS

Les exercices de ce chapitre vont vous enseigner des méthodes pour être à l'écoute des sensations du corps. Ces stratégies comprennent des techniques de pleine conscience et d'ancrage, pour vous aider à rester dans le moment présent tout en endurant l'inconfort physique qui accompagne le stress et l'anxiété.

ACCEPTER DE COHABITER AVEC CE QUI FAIT PEUR

Nous l'avons tous déjà ressenti : le ventre qui se serre brusquement sous l'effet de l'angoisse, la chaleur de l'adrénaline dans la poitrine, la panique qui engourdit le bout des doigts... On a envie de faire tout ce qui est en notre pouvoir pour éviter ces sensations pénibles, et pourtant elles surviennent malgré tout. Alors que nous mettons tant d'énergie à repousser ces sensations, pourquoi reviennent-elles encore plus fort ? Encore une fois, il s'agit du mécanisme d'évitement. Comme avec nos pensées, si nous essayons de fuir l'inconfort physique interne, nous le rendons en fait plus virulent, plus durable et plus fréquent.

Ces sensations physiques sont des réponses d'adaptation qui nous alertent d'un danger et nous communiquent des informations sur notre environnement, afin d'assurer notre sécurité. Lorsque notre cerveau perçoit un danger, il envoie un message dans notre corps afin de le préparer à se mettre en mode réponse combat-fuite. Par exemple, si un lion vous poursuivait dans la rue, votre cerveau imposerait à votre cœur de battre plus vite pour augmenter le débit sanguin et vous procurer de l'énergie, et à votre respiration d'adopter un rythme plus rapide. Par conséquent, vos muscles se tendraient afin de vous préparer à l'action et vos pupilles se dilateraient pour vous aider à mieux percevoir votre environnement.

Lors d'une réaction au stress, des hormones sont également libérées pour inciter le corps à répondre à la menace. C'est l'adrénaline qui accélère le rythme

N
W
E
S

cardiaque et augmente la pression artérielle, nous procurant l'énergie nécessaire pour combattre le danger qui arrive. Une autre hormone du stress, le cortisol, libère l'excès de sucre ou de glucose dans le sang. Quand on est en mode réponse combat-fuite, le cortisol bloque divers systèmes dans notre corps afin de limiter toutes les fonctions corporelles non essentielles qui pourraient porter atteinte à notre capacité à nous défendre du danger.

Mais un problème se pose quand ces réactions physiques surviennent alors qu'il n'y a pas de réel danger ou menace. En fait, ces sensations sont déclenchées, à tort, en réponse à ce que l'on perçoit comme un danger ou une menace. Ce phénomène est très fréquent dans le cas de stress post-traumatique, d'attaques de panique, de phobies et d'anxiété sociale. Lorsqu'un état de stress et d'anxiété perdure longtemps sans être traité, notre corps reste dans un état chronique de réponse combat-fuite, ce qui a un impact significatif non seulement sur notre bien-être mental, mais aussi sur notre corps. Les conséquences d'un stress et d'une anxiété chroniques (y compris l'exposition prolongée aux hormones de stress) peuvent conduire à un système immunitaire défaillant, des douleurs chroniques, des migraines, de l'épuisement chronique et des risques plus élevés que la norme de développer d'autres maladies comme des problèmes de cœur, du diabète et même des cancers.

Encore une fois, il est important de se rappeler que ces sensations physiques en elles-mêmes ne sont pas néfastes. Bien qu'inconfortables, ce sont des indicateurs que notre corps fonctionne comme il faut : il réagit pour notre sécurité, en le préparant au combat ou à la fuite. Mais lorsqu'il n'y a pas de danger réel, cet excès d'énergie ne peut pas s'exprimer puisqu'il n'y a aucune bataille à mener. Et il semblerait raisonnable de vouloir à tout prix éviter ces sensations. Pourtant, comme avec nos pensées, chercher à éviter ces sensations ne les rend que plus présentes. Elles s'accumulent dans notre corps, nous maintenant dans un cercle vicieux de dérèglement corporel (rythme cardiaque et pression artérielle élevée, par exemple). Les procédés d'évitement de ces sensations désagréables prennent souvent la forme de comportements qui engourdissent les sens, comme la consommation de drogues et autres addictions. Mais ces efforts pour s'abrutir ne constituent pas des solutions efficaces, car elles génèrent encore plus de ces sensations dont on essaie de se débarrasser.

Le moyen le plus efficace pour gérer ces sensations est de vous autoriser à les ressentir, pleinement, au moment où elles surviennent. Au lieu de tenter de fuir, éviter ou ignorer ces manifestations physiques, il vaut mieux les endurer, sans rien faire, jusqu'à ce qu'elles passent... car elles finissent pas passer. S'habituer à cohabiter avec ce qui fait peur améliorera non seulement la régulation du système nerveux, mais vous aidera aussi à adopter des comportements plus sains et à faire de meilleurs choix pour votre bien-être.

1

Respiration DU BALLON

À mesure que nous prenons de l'âge, notre respiration a tendance à changer. Nous rencontrons davantage de sources de stress, de déclencheurs d'anxiété, et notre corps se dérègle de plus en plus. En vérité, la plupart des gens respirent mal ! Nous tendons à respirer en haussant les épaules : en inspirant, notre poitrine et nos épaules se soulèvent et quand nous expirons, elles s'abaissent. Cela semble une façon plus rapide de reprendre son souffle, mais elle limite grandement la quantité d'air dont nous remplissons nos poumons. Malgré tout, ce type de respiration a une finalité précise : en mode combat-fuite, une respiration plus rapide permet à l'oxygène d'atteindre les poumons le plus vite possible. Cela augmente le rythme cardiaque, le sang circule plus rapidement et le taux de cortisol monte. Ce sont des réactions corporelles vitales pour affronter le danger. Malheureusement, la plupart d'entre nous utilisent cette respiration superficielle alors qu'aucun danger ne nous menace. Cela induit notre corps en erreur, car il répond comme si nous étions en danger, et cela augmente le risque de souffrir d'anxiété et/ou d'attaques de panique.

En observant les bébés et les animaux, on s'aperçoit que lorsqu'ils respirent, c'est leur ventre qui se soulève et s'abaisse, et non leur poitrine. C'est la bonne technique pour respirer. Quand on inspire, le ventre devrait se gonfler et lorsqu'on expire, se creuser. Cela permet d'avoir un souffle plus profond, plus lent et plus contrôlé. Lorsqu'on pratique une bonne technique de respiration, la poitrine et les épaules ne devraient pas bouger !

Cet exercice de « respiration en ballon » enseigne la bonne technique de respiration pour aider à réguler notre corps et réduire le stress et l'anxiété.

IL VOUS FAUT :

Un endroit calme

Un miroir qui vous permet de voir votre buste

Devant le miroir, posez une main sur votre poitrine et l'autre sur votre épaule.

Inspirez et expirez. Quelles parties de votre corps bougent ? ______________________

Choisissez votre couleur de ballon préférée. ______________________

Imaginez que ce ballon se trouve dans votre ventre. Toujours face au miroir :

1 Prenez une grande inspiration de cinq secondes tout en visualisant votre ballon se remplissant d'air.

2 Retenez l'air pendant cinq secondes.

3 Expirez sur cinq secondes tout en visualisant votre ballon qui se dégonfle dans votre ventre.

Quelles parties de votre corps ont bougé ? ______________________

Avez-vous remarqué comme votre respiration était plus profonde et plus lente, et votre souffle plus calme ?

Essayez de faire cet exercice trois fois par jour. Au début, vous préférerez peut-être vous asseoir pour vous entraîner, car parfois cela peut faire tourner un peu la tête quand on débute.

Au bout d'une semaine environ, est-ce que vous remarquez une différence concernant votre respiration ou votre réaction dans les situations stressantes ?

2

5 - 4 - 3 - 2 - 1

Prendre des mesures pratiques pour se sortir des spirales d'inquiétude est une manière couramment utilisée de parvenir à s'ancrer dans le moment présent. Une de ces techniques consiste à avoir recours à ses cinq sens en guise de guide. Mise au point à l'origine par le programme SOAR, cette méthode est un moyen efficace pour sortir du mental et entrer en connexion avec le monde physique qui nous entoure.

Ce qui est super avec cette stratégie, c'est que vous pouvez la mettre en pratique à n'importe quel moment de la journée (en faisant la vaisselle, pendant une réunion, en pratiquant un sport ou même en faisant une présentation, par exemple), et même à des moments où vous vous sentez gagné par le stress et l'anxiété. Cette méthode peut vous aider à éviter que les symptômes ne s'aggravent.

IL VOUS FAUT :

Un endroit calme
et confortable

Pratiquez l'exercice de la respiration du ballon de la page 58 pour prendre quelques profondes respirations. Tout en conservant une bonne technique de respiration, commencez à faire l'inventaire de ce qui vous entoure à l'aide de vos cinq sens, à commencer par la vue.

5 REMARQUEZ CINQ CHOSES que vous voyez autour de vous. Prononcez les noms dans votre tête, ou à voix haute (n'oubliez pas la respiration du ballon).

4 REMARQUEZ QUATRE CHOSES que vous pouvez toucher juste à côté de vous. Éprouvez la texture et le poids des objets.

3 REMARQUEZ TROIS CHOSES que vous pouvez entendre. Prêtez attention aux différences de ton, de volume, de fréquence. (N'oubliez pas de respirer par le ventre !)

2 REMARQUEZ DEUX CHOSES que vous pouvez sentir. Prenez note des nuances de parfum, de la puissance de chaque odeur, etc.

1 REMARQUEZ UNE CHOSE que vous pouvez goûter. Si rien d'approprié n'est à portée de main, vous pouvez faire quelque chose de tout simple comme mettre le bout de votre stylo dans votre bouche, sentir le goût de votre propre salive, etc. Il n'est pas nécessaire que l'objet soit comestible.

À la fin de l'exercice, prenez un peu de temps pour rester simplement assis, et terminez par deux ou trois profondes respirations abdominales.

Comment vous sentiez-vous avant de commencer ?

Comment vous êtes-vous senti une fois l'exercice terminé ?

Qu'avez-vous remarqué à propos de votre corps pendant cet exercice ? À propos de vos pensées ?

Avez-vous trouvé cet exercice difficile ? Si oui, pourquoi ?

3

Les épaules et les oreilles NE DEVRAIENT PAS ÊTRE VOISINES

Un des symptômes du stress et de l'anxiété dont on parle le plus, c'est la tension musculaire, en particulier dans la nuque, les épaules, le dos, le ventre, la tête et même le visage. Et bien souvent, on n'a pas conscience de l'impact de cette tension sur notre quotidien. Nous pensons que nous avons dormi dans une mauvaise position ou que nous avons fait un faux mouvement en nous baissant. Pourtant, il est probable que vos muscles soient déjà raidis par le stress. Cette tension continue peut produire de l'inflammation chronique et la production prolongée d'hormones de stress qui ne sont pas nécessaires, tout en rendant le corps sensible aux maladies et en favorisant un mauvais fonctionnement immunitaire. Il est important pour la santé mentale et physique de rester vigilant à propos des endroits où le stress s'accumule dans notre corps, afin de pouvoir s'y attaquer de manière active et le plus tôt possible.

IL VOUS FAUT :

Quatre petits bouts de scotch ou un crayon avec une gomme

Une surface plane contre laquelle vous pouvez vous tenir.

Cet exercice est un excellent moyen d'améliorer votre conscience corporelle et de prendre conscience de la manière dont la tension affecte directement vos muscles. Vous allez développer vos capacités à être plus à l'écoute de votre corps, en prêtant une attention particulière aux zones sujettes aux tensions.

1 Tenez-vous le dos bien à plat contre un mur ou autre surface plane. Veillez à ce que vos talons, votre dos, vos épaules et l'arrière de votre tête soient à plat contre le mur.

2 Prenez deux morceaux de scotch ou un crayon et marquez à quel endroit précis du mur chacune de vos épaules arrive. Si c'est trop difficile à faire seul, demandez à quelqu'un de vous aider. Laissez ces marques pendant tout l'exercice.

3 Tout en gardant votre dos et vos épaules bien collés au mur, pratiquez soit la respiration du ballon (page 58) ou l'exercice 5-4-3-2-1 (page 60). Quand vous avez fini, marquez de nouveau le placement de vos épaules sur le mur, avec du scotch ou un crayon. N'oubliez pas de laisser les premières marques !

Décollez-vous du mur et examinez les deux paires de marques indiquant la position de vos épaules. Que remarquez-vous ?

Comment ressentiez-vous la tension dans votre corps avant cet exercice ? Et maintenant ?

Pouvez-vous penser à quelques situations dans lesquelles faire cet exercice pourrait vous aider ?

-
-
-

Essayez de pratiquer cet exercice tous les jours, surtout avant et après des moments que vous identifiez comme très stressants. Prendre conscience des réactions de votre corps au stress est un très bon moyen d'agir pour réduire la tension au fil de la journée. Une simple réduction légère de la tension musculaire peut aider à faire tomber les taux d'hormones de stress.

4

SURPRISE !

Bien souvent, quand on est stressé, les pensées, les émotions, les comportements et le corps physique se retrouvent mélangés en une grosse boule d'anxiété. Un moyen utile pour démêler cet imbroglio est de prêter attention aux sensations physiques qui ont lieu dans votre corps. Souffle court, pouls rapide, étourdissements, transpiration et tremblements sont des signes courants de stress ou d'anxiété.

Ces symptômes, bien que désagréables et parfois effrayants, ne sont pas dangereux. Ce sont des sensations naturelles, que l'on catégorise comme mauvaises, désagréables ou anxiogènes. Ces étiquettes influencent notre perception et les choix que nous faisons. Cet exercice démontre que les mots que nous utilisons pour décrire nos sensations physiques peuvent accentuer l'anxiété.

Imaginez que c'est votre anniversaire. Votre amoureux/se et vous entrez dans un restaurant pour fêter cette occasion. L'hôtesse vous accompagne jusqu'à une table dans une salle privée et, dès votre entrée, vingt membres de votre famille et de vos amis surgissent en criant : « Surprise ! »

Notez cinq sensations physiques que vous éprouveriez sans doute dans cette situation. N'oubliez pas qu'il s'agit uniquement de ce que vous ressentez dans votre corps (par exemple, les tremblotements), pas les pensées ni les émotions (joie, gêne, par exemple).

1 ....

2 ....

3 ....

4 ....

5 ....

Maintenant, nous allons reprendre le même exercice, mais cette fois vous imaginez que vous êtes au zoo. Vous pensez entendre des cris étouffés au loin, mais vous n'êtes pas sûr. Soudain, vous voyez tout un groupe de visiteurs courant vers vous, en criant qu'un lion s'est échappé. Vous vous élancez vers la sortie.

Notez cinq sensations physiques que vous éprouveriez sans doute dans cette situation. N'oubliez pas qu'il s'agit uniquement de ce que vous ressentez dans votre corps, pas les pensées ni les émotions (la peur, par exemple).

1 ....

2 ....

3 ....

4 ....

5 ....

Que constatez-vous en comparant vos réponses suite aux deux scénarios ?

Vous avez peut-être remarqué beaucoup de points communs entre les réactions physiques provoquées par les deux situations. C'est dû au fait que les sensations physiques ne sont rien de plus. Des sensations. Ni bonnes ni mauvaises en soi. Ce sont des choses qui se produisent dans notre corps et que l'on remarque. C'est l'étiquette que nous choisissons de leur attribuer (excitant, effrayant, motivant...) qui leur donne une signification précise.

La prochaine fois que ces sensations surviendront, prenez le temps de vous demander : « Suis-je en sécurité ? » Si la réponse est « oui », rappelez-vous que vous éprouvez des réactions physiques temporaires et inoffensives, similaires à ce qui se passerait si vous arriviez à une fête surprise ! Ce sont les mêmes sensations.

Au cours des prochains jours, quand vous sentez que vous éprouvez de l'anxiété dans votre quotidien, prêtez attention aux sensations physiques qui surgissent en vous.

Que ressentez-vous ?	À quel endroit de votre corps ?

Comment le fait de reconnaître et accepter ces réactions physiques change-t-il la manière dont vous :

Vous sentez sur le moment ?

Raisonnez sur le moment ?

Vous comportez ou réagissez sur le moment ?

5

Devenez maître DE L'ANCRAGE

Nous vivons dans une société qui va tellement vite que nous prenons rarement le temps de voir les détails qui nous entourent. Nous sommes sur notre téléphone, en ligne, et dans notre mental. Et bien rarement présents ! À l'aide des conseils sur la page ci-contre, entraînez-vous à vous ancrer simplement dans le présent lors de tâches quotidiennes, en l'occurrence, prendre sa douche et faire la cuisine. Le but est de prêter attention à l'instant présent, sans émettre de jugement, et de remarquer quand nos pensées nous embarquent ailleurs. L'objectif n'est pas de ne jamais prendre la tangente, mais de remarquer que vous avez gambergé, et de vous recentrer sur la tâche que vous effectuez.

LA DOUCHE

Sentez l'eau qui coule sur votre peau. Est-elle chaude ? froide ?

Remarquez la texture de votre peau quand vous vous savonnez. Est-elle douce ? glissante ?

Observez la mousse de savon. Quelle est sa consistance ? Quel aspect a-t-elle ? quelle odeur ?

Prenez conscience de votre cuir chevelu en vous shampouinant les cheveux. Quelle sensation vous procure le shampoing sur votre tête ?

Quel son produit le jet d'eau lorsqu'il heurte la paroi de douche ou le sol ?

LA CUISINE

Sentez l'eau sur vos mains lorsque vous lavez des aliments.

Humez l'odeur des épices.

Écoutez les bruits de la cuisine : l'eau qui coule, la poêle qui grésille...

Soyez attentif aux couleurs.

Éprouvez la chaleur qui se dégage de la casserole ou du four.

Qu'est-ce qui s'est passé pendant ces exercices d'ancrage ?

Ces techniques ont-elles changé votre expérience de la situation ?
Si oui, comment ?

Qu'avez-vous trouvé le plus difficile ?

En quoi ces exercices vous ont-ils le plus aidé ?

Pensez à trois autres activités de routine pendant lesquelles vous pourriez vous entraîner. Essayez de vous livrer à un exercice d'ancrage par jour et prenez des notes ci-dessous à propos de la manière dont chaque entraînement influence votre humeur et votre comportement au cours de la journée.

1

2

3

6

Ancré DANS LE SOL

Le stress quotidien accroît la difficulté à rester dans le présent. Il est donc utile d'avoir des stratégies à utiliser sur le moment, dès que l'on se rend compte que nous nous sommes laissés entraîner par nos pensées. Le but n'est pas nécessairement d'être centré sur le présent. En fait, notre cerveau ne le permet pas. À la place, il s'agit de se recentrer dès que l'on s'aperçoit qu'on a quitté le moment présent. Utiliser des capacités qui font appel aux cinq sens nous permet de rediriger notre esprit et de nous réenraciner dans l'ici et maintenant.

Un excellent moyen tout simple consiste à enfoncer fermement ses pieds dans le sol. Cette stratégie peut servir n'importe où et n'importe quand.

1 Posez les deux pieds sur le sol. Assurez-vous que vos orteils et vos talons soient fermement enfoncés dans le sol. Penchez-vous genoux tendus pour bien sentir la pression de vos pieds dans le sol.

2 En commençant par le pied gauche, agitez votre petit orteil de haut en bas cinq fois. Procédez de même avec chaque orteil de votre pied gauche.

3 Toujours en commençant avec votre petit orteil, appuyez fermement contre le sol. Puis faites-le avec chaque orteil de votre pied gauche.

4 Soyez attentif à votre souffle et à la manière dont votre pied se sent dans votre chaussure, votre chaussette ou simplement contre le sol. Reprenez les étapes 2 à 4 avec le pied droit.

Qu'est-ce qui vous a donné le plus de mal avec cet exercice ?

Quelles pensées ont surgi durant cet exercice d'ancrage ?

Comment avez-vous ramené votre attention sur vos pieds lorsque vos pensées vous entraînaient hors du moment présent ?

En quels lieux et à quels moments pensez-vous que cette stratégie vous serait le plus utile ?

Essayez de faire cet exercice deux fois par jour, dans votre routine quotidienne.

7

Listes de CHOSES PRÉFÉRÉES

Cette technique d'ancrage utilise des stratégies de catégorisation pour vous sortir du chaos de votre esprit et vous ramener au moment présent. En vous concentrant sur une tâche cognitive telle que lister des objets par catégories, vous êtes forcé de diriger et de maintenir votre attention sur l'activité du moment.

Choisissez trois catégories générales (par exemple : les films, la musique, les légumes) et écrivez-les ci-dessous. Pour chaque catégorie, sélectionnez votre top 3 (par exemple : betteraves, carottes, petits pois).

- ______
1 ______
2 ______
3 ______

- ______
1 ______
2 ______
3 ______

- ______
1 ______
2 ______
3 ______

Après vous être livré à cet exercice, répondez aux questions ci-dessous :

Qu'avez-vous remarqué au sujet de vos pensées et émotions tandis que vous faisiez cet exercice ?

Qu'avez-vous trouvé le plus difficile dans cet exercice ?

Qu'est-ce qui vous a aidé dans cet exercice ?

Où/quand dans votre quotidien pensez-vous qu'une telle stratégie vous aiderait le plus ?

8

Inspecter TOUT LE SYSTÈME

Bien souvent, nous ne savons pas comment ni où notre corps accumule le stress. Cet exercice va vous apprendre à gagner en conscience corporelle fine. Inspecter toutes les parties de son corps de la tête aux pieds aide à remarquer les douleurs, les tensions musculaires ou l'inconfort que l'on peut ressentir à différents endroits du corps. Par ailleurs, cela contribue aussi au bien-être physique et mental, en réduisant le taux d'hormones de stress dans votre corps.

Le but de cette inspection n'est pas de se débarrasser de l'inconfort, mais de prendre conscience des endroits où votre corps souffre, afin de le gérer de manière plus efficace. Cette technique peut être utilisée quand vous vous sentez angoissé ou peut être intégrée à votre routine quotidienne.

Commencez par colorier sur ces silhouettes les zones où vous portez habituellement le stress et la tension.

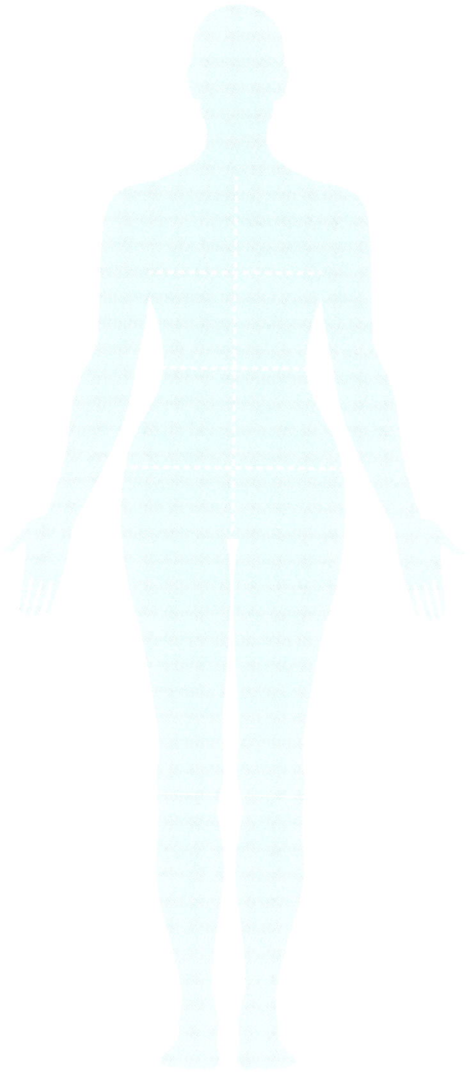

De face

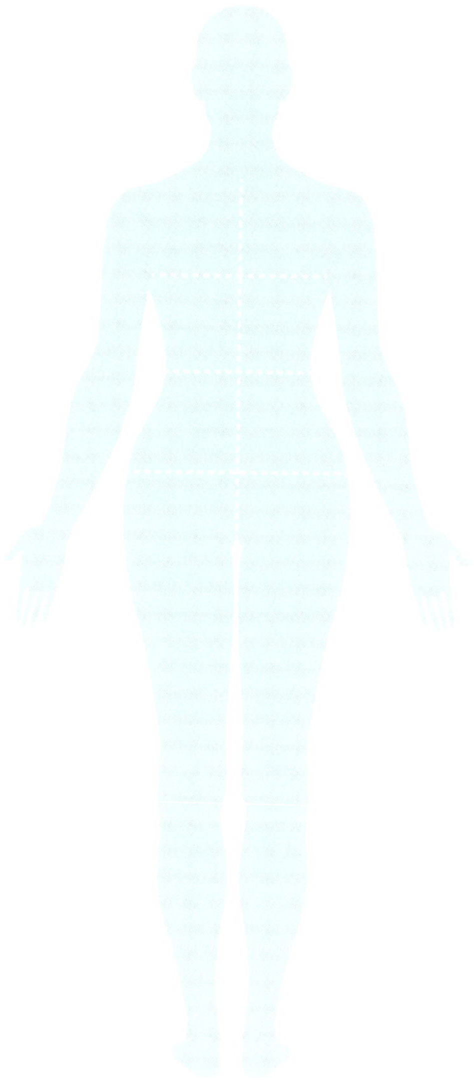

De dos

Ensuite,

1 Installez-vous confortablement. Allongez-vous ou asseyez-vous dans un fauteuil confortable.

2 Pratiquez la respiration du ballon (page 58) pendant un moment pour vous détendre et vous ancrer dans l'instant présent.

3 Si vous remarquez que vos pensées vous éloignent de votre corps, reportez gentiment votre attention sur la partie du corps que vous observiez auparavant.

4 Commencez par prêter attention à vos orteils. Agitez-les, pliez-les, contractez-les. Remarquez simplement les sensations ou douleurs présentes. Si vous percevez un inconfort, ne l'ignorez pas. À la place, prenez acte de la sensation et poursuivez la respiration abdominale.

5 Reprenez l'étape 4 pour chaque partie de votre corps en allant vers le haut, jusqu'à atteindre le sommet de votre tête. Prenez note des tensions ou inconforts, et d'où ils se situent. Tout au long de l'exercice, utilisez la respiration du ballon. Dès que vous remarquez que vos pensées s'égarent, ramenez votre attention sur l'instant présent.

Puis :

N'oubliez pas que le but n'est pas de soulager vos tensions musculaires, mais plutôt de prendre conscience de leur présence.

Après avoir fini votre inspection corporelle, coloriez sur ces silhouettes les zones où vous avez ressenti de la douleur, des tensions ou de l'inconfort.

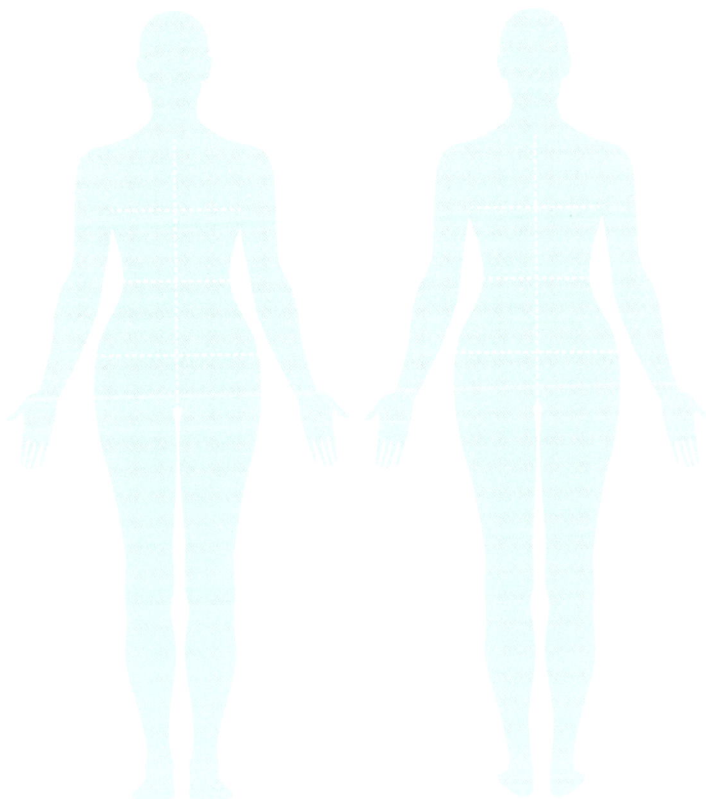

De face *De dos*

Comparez vos deux coloriages, avant et après l'inspection corporelle.
Sont-ils semblables ? différents ? Est-ce que vous reconnaissez un schéma type ?

Continuez à passer en revue toutes les parties de votre corps une fois par jour, en remarquant les changements de localisation ou de fréquence de vos tensions et inconforts. Une fois que vous aurez bien la technique en main, vous pourrez vous concentrer sur certains endroits du corps pour une vérification rapide.

9

Regroupement MUSCULAIRE

Notre corps est bien équipé pour gérer une quantité normale de stress. Cependant, quand nous rencontrons des niveaux élevés et chroniques de stress et d'anxiété, notre cerveau interprète que nous sommes en danger. Cela déclenche la réponse combat-fuite et nos muscles se tendent. Mais lorsqu'il n'y a pas de réelle menace, cette tension continue dans les muscles provoque des douleurs chroniques, des maladies et une santé émotionnelle défaillante.

IL VOUS FAUT :

Un lieu calme et confortable

Un moment où vous ne serez pas interrompu (de 10 à 15 minutes)

En contractant puis relâchant volontairement chaque groupe musculaire dans un certain ordre, vous pouvez réduire la tension musculaire et calmer votre stress et votre anxiété.

1 Trouvez un endroit relaxant et confortable. Vous pouvez faire cet exercice allongé sur quelque chose de doux ou assis dans un fauteuil confortable. Surtout n'oubliez pas de décroiser bras, jambes et chevilles.

2 Commencez par trois respirations abdominales (page 58) tout en laissant votre corps se poser.

3 Portez votre attention sur vos orteils. Prenez une grande inspiration abdominale et contractez vos orteils pendant cinq à dix secondes. Notez comment cette tension se ressent dans votre corps.

4 Soufflez profondément par le ventre tout en relâchant la tension de vos orteils. Le relâchement doit être soudain, pas progressif.

5 Prenez environ quinze secondes pour vous détendre et vous recentrer. Portez votre attention sur votre corps, et plus précisément sur vos orteils. Comment sont-ils maintenant par rapport à quand vous les avez contractés ?

6 Reprenez les étapes 2 à 5 pour chacun de ces groupes musculaires :

- pieds
- bas des jambes
- cuisses
- fessiers
- ventre
- dos
- mains
- bras (avant-bras et biceps)
- épaules
- nuque
- mâchoire
- visage
- lèvres/sourire, nez, yeux
- front

7 Détendez-vous pendant vingt secondes puis contractez tout votre corps pendant dix secondes avant de le relâcher.

8 Prenez le temps de vous étirer et de respirer. Faites un décompte à partir de dix pour revenir lentement à l'instant présent. Prenez votre temps pour vous relever, car vous pourriez avoir la tête qui tourne légèrement.

Qu'avez-vous remarqué pendant l'exercice ?

Qu'avez-vous ressenti au niveau corporel lorsque vous étiez contracté, en comparaison à l'état détendu ?

Essayez de pratiquer cet exercice une fois par jour.
Au fur et à mesure que vous vous familiarisez avec cette routine, vous pouvez la raccourcir pour vous concentrer sur des groupes musculaires problématiques spécifiques.

10

Trucs pour DOMPTER LE TEMPS

IL VOUS FAUT :

Un minuteur
ou un chronomètre

Rester dans la pleine conscience tout en affrontant le stress de la vie quotidienne peut s'avérer très compliqué. Pourtant, c'est l'acte d'être présent, malgré les sentiments d'anxiété, qui informe notre cerveau que nous sommes en sécurité. Cela confirme que nous ne faisons pas réellement face à une menace, et donc que notre corps n'a pas besoin de réagir comme en cas de danger.

Un excellent moyen de s'entraîner à porter son attention sur l'instant présent est d'intégrer les techniques de pleine conscience dans les routines quotidiennes. Une méthode consiste à se concentrer sur une seule tâche divisée en plusieurs étapes, pendant une durée fixée à l'avance. Non seulement cela vous aidera à vous maintenir bien présent, en supprimant les distractions inutiles mais, avec cette méthode, vous avez plus de chances de mener à bien votre tâche. Cela procure un sentiment de réussite et réduit globalement le niveau de stress et d'inquiétude du quotidien. Et puis, qu'y a-t-il de plus satisfaisant que de cocher quelque chose sur sa « to-do list » ?

Dans l'espace ci-dessous, élaborez une liste de tâches pour la journée. Divisez chacune en trois à cinq sous-tâches, en précisant les étapes que vous devrez atteindre afin de finir la tâche.

1 ....

a. ....

b. ....

c. ....

d. ....

e. ....

2 ....

a. ....

b. ....

c. ....

d. ....

e. ....

3 ....

a. ....

b. ....

c. ....

d. ....

e. ....

Programmez quinze à vingt minutes à l'aide de votre minuteur. Pendant ce temps, vous devez uniquement réaliser une des étapes intermédiaires. Dès que vous remarquez que votre attention s'éloigne de la tâche, revenez simplement à ce que vous faites. N'oubliez pas qu'il est normal que nos pensées nous arrachent au présent. Le but est de revenir chaque fois que vous vous en rendez compte.

Une fois la tâche intermédiaire finie, prenez un moment pour revenir sur cette expérience.

Qu'avez-vous trouvé le plus difficile ?

Qu'avez-vous remarqué à propos de votre capacité à rester concentré sur la tâche ?

Qu'est-ce qui vous a aidé à rester présent à ce que vous faisiez ?

Se livrer à ces exercices orientés sur une seule tâche, ne serait-ce que deux fois par jour, peut vous aider à réduire de manière significative votre niveau de stress et d'anxiété, tout en améliorant votre productivité !

3

IL FAUT LE RESSENTIR POUR EN GUÉRIR

Dans ce chapitre, nous nous penchons sur les stratégies qui apprennent à tolérer et cohabiter avec l'inconfort que procurent le stress et l'anxiété. Pourquoi souhaiter tolérer son anxiété ? Plus on s'efforce de ne pas sentir l'anxiété et le stress, plus ils gagnent en intensité. En fait, tout ce que l'on fait pour refouler les émotions et pensées désagréables fait souvent partie des comportements responsables de l'aggravation des symptômes d'anxiété. Les exercices présentés ici vous donneront des outils pour accepter l'inconfort au lieu de lutter douloureusement contre les pensées et émotions pénibles.

MÊME SI VOUS N'AIMEZ PAS ÇA, VOUS DEVEZ L'ENDURER

Évidemment, personne n'aime se sentir anxieux. C'est éprouvant et épuisant. Malgré tout, comme précédemment mentionné, l'anxiété est une émotion naturelle utilisée par le corps pour nous communiquer des informations sur notre environnement et garantir notre sécurité. Comme nous avons besoin d'une certaine quantité d'anxiété pour notre survie, il est impossible de s'en débarrasser totalement.

Alors, que faire de l'anxiété ? Elle est là. Vous n'êtes pas obligé de l'apprécier ni de l'accueillir avec joie. Mais il est nécessaire de la prendre en compte et de la ressentir. Vous avez besoin de sentir toute votre anxiété, en étant pleinement présent, et sans jugement. Souvent, quand les gens ressentent du stress, de l'inquiétude, de la tristesse ou même de la panique, ils font tout ce qu'ils peuvent pour se maîtriser ou se débarrasser de ces émotions. Imaginons que vous voulez postuler pour un emploi et le stress monte. Vous commencez à vous demander si votre CV est assez bon, à vous inquiéter que votre interlocuteur vous trouve bête. L'anxiété grandit. Pour ne plus vous sentir mal, vous tardez à envoyer votre demande. Vous vous mettez à errer sans but sur les réseaux sociaux, vous prenez des verres de vin ou vous renoncez complètement à terminer votre candidature. Ces comportements ont beau alléger le stress et l'anxiété sur le moment, le soulagement est de courte durée. Ces actions ne servent qu'à aggraver encore votre malaise. Pourquoi ? Parce qu'il s'agit d'évitement, c'est-à-dire que vous vous comportez ainsi pour fuir ce que vous ressentez. Ces comportements évitants vont dans la direction opposée à vos objectifs (trouver un emploi) et à vos valeurs (être en mesure de subvenir aux besoins de sa famille, par exemple). Plus nos comportements nous éloignent de nos valeurs, plus nous risquons d'aggraver notre niveau de stress, d'inquiétude et d'anxiété.

Il est naturel et normal de ne pas souhaiter se sentir mal. En fait, dans certaines situations, nos tentatives pour ignorer, minimiser ou éviter des émotions et pensées difficiles fonctionnent correctement, sans retombées négatives. Par exemple, quand vous allez chez le dentiste, pour échapper à l'inconfort causé par le soin d'une carie, on vous fait une injection d'anesthésiant, vous fermez les yeux et vous mettez des écouteurs pour étouffer le bruit de la roulette. Est-ce pour éviter la douleur ? Oui. Est-ce que vous vous efforcez de ne pas y penser ? Oui. Est-ce que ces techniques d'évitement créent des dysfonctionnements dans votre vie ? Non. Cette dernière question est la plus importante. Pour résumer, est-ce que l'évitement aura pour effet d'aggraver votre anxiété par la suite, ce qui perturbera votre quotidien ?

Dans ce dernier exemple, éviter l'inconfort du soin dentaire n'a aucun impact sur votre vie quotidienne, n'interfère pas avec vos relations et ne se répercutera pas par un niveau de stress plus élevé ensuite. Par contre, si vous évitez votre anxiété en n'allant jamais chez le dentiste, cela vous soulage temporairement, mais risque fort de résulter en plus de douleur plus tard. Accepter les pensées et émotions désagréables aide à ce qu'elles passent plus rapidement et vous rend moins susceptible de vous livrer à des comportements nocifs pour les éviter. Plus globalement, cela vous met sur la bonne voie pour vivre une existence plus accomplie. Ce chapitre vous fournit les outils nécessaires pour identifier vos pensées et émotions quand elles surviennent, vous offrant diverses stratégies pour vous aider à supporter cet inconfort au lieu de le refouler.

1

L'ŒUF

Cette stratégie montre qu'essayer de contrôler ses émotions négatives nous fait perdre encore plus le contrôle, nous rendant plus que jamais anxieux et dépassés. Lâcher prise à propos du contrôle rend les émotions négatives plus tolérables et les situations anxiogènes plus faciles à gérer.

Imaginez le scénario suivant :

On vous donne un œuf cru que vous devez tenir en main tout en gravissant puis descendant des escaliers. Vous avez pour mission de protéger l'œuf pour qu'il ne se casse pas en tombant.

Comment complétez-vous spontanément, sans réfléchir, la phrase suivante ?

“Le meilleur moyen de tenir l'œuf pour qu'il ne se casse pas est...”

Écrivez la solution qui vous est apparue :

Pour la plupart des gens, la réponse automatique est de tenir l'œuf bien fermement. Mais que se passe-t-il si on serre un œuf cru ? Eh oui, il risque de se briser. Vos efforts pour protéger l'œuf en le serrant causent le résultat redouté.

C'est la même idée pour les pensées ou les émotions. Plus vous essayez de contrôler les inquiétudes et l'anxiété, plus elles s'aggravent et plus vous vous sentez dépassé et impuissant.

Alors quelle est finalement la meilleure solution pour transporter l'œuf sans qu'il se casse tandis que vous dévalez les escaliers ?

Le plus adapté serait sans doute de mettre l'œuf dans votre paume et de refermer légèrement les doigts dessus. C'est-à-dire qu'en utilisant moins de contrôle, vous obtenez le résultat recherché.

Pouvez-vous retrouver une situation où vous avez essayé de contrôler vos symptômes d'anxiété (par exemple, en vous inquiétant) et avez fini par vous sentir encore plus angoissé et dépassé ?

Comment avez-vous essayé de contrôler votre anxiété ? Pourquoi vos efforts n'ont-ils pas porté leurs fruits ?

Trouvez quelques exemples de comportements différents qui auraient pu être plus efficaces.

1

2

3

4

5

2

LA PISCINE

Cet exercice est un exemple de ce que signifie supporter l'inconfort. Ressentir vos émotions vous permet d'avancer. Lutter contre les pensées et émotions négatives vous en empêche, vous engluant sur place.

Imaginez que vous vous préparez à aller nager. Vous entrez dans le bassin, mais retirez aussitôt votre pied, car l'eau vous semble bien trop froide. Si vous reculez à chaque fois, il vous faudra plus de temps pour vous habituer à l'eau et pour y entrer. Alors comment supporter la température de l'eau ?

Au début, cela vous semble peut-être inconfortable, mais laisser votre pied dans l'eau vous permettra d'entrer plus vite dans la piscine. La même idée s'applique aux émotions et pensées désagréables. Plus vous rechignez à accepter l'inconfort, plus vous vous entravez, ce qui vous empêche de faire ce que vous aimez le plus dans la vie.

Quelles pensées et émotions surgissent quand vous imaginez ce scénario ?

Repensez à une période où vous étiez très anxieux. C'était peut-être à propos d'un premier rendez-vous amoureux, d'un repas de fête à préparer, ou simplement que vous étiez submergé de travail.

Décrivez trois choses que vous avez commencé par faire pour échapper à votre nervosité et à vos pensées anxieuses. Par exemple, vous avez peut-être annulé votre rendez-vous ou remis votre travail en retard, parce que la peur de rater vous a paralysé.

1

2

3

Est-ce que ces comportements ont réduit votre anxiété sur l'instant ?

Vous ont-ils maintenu dans cet état d'anxiété ?

Vous ont-ils pris du temps que vous auriez pu consacrer à atteindre votre objectif ?

Le résultat final aurait-il été différent si vous n'aviez pas cherché à échapper à cet inconfort ?

3

Souriez, VOUS ÊTES FILMÉ

Différencier ses émotions, ses pensées, ses sensations physiques et ses comportements peut s'avérer épineux pour les personnes souffrant d'anxiété. Il n'est pas rare que les gens les identifient mal ou ne les perçoivent pas comme quatre parties distinctes de leur anxiété. Cet exercice va vous apprendre à identifier correctement ces quatre domaines et vous montrera comment vous pouvez fonctionner en dépit des pensées et émotions simultanées.

IL VOUS FAUT :

Un smartphone

Les fournitures nécessaires pour la tâche choisie

Choisissez une activité ou tâche simple que vous pouvez faire pendant soixante secondes. Par exemple : lacer vos chaussures, éplucher un concombre, vous brosser les dents... Filmez-vous en train d'accomplir cette tâche.

Quand vous avez fini, regardez la vidéo, puis répondez aux questions suivantes :

1 À quoi pensais-je à ce moment ?

2 Qu'est-ce que j'ai ressenti à ce moment ?

3 Quelles sensations physiques ai-je expérimentées à ce moment ?

4 Qu'est-ce que je fais dans cette vidéo ?

Ensuite, montrez la vidéo à quelqu'un d'autre. Posez-lui les mêmes questions et notez ses réponses ci-dessous :

1 À quoi pensais-je à ce moment ?

2 Qu'est-ce que j'ai ressenti à ce moment ?

3 Quelles sensations physiques ai-je expérimentées à ce moment ?

4 Qu'est-ce que je fais dans cette vidéo ?

Que remarquez-vous dans les réponses de l'autre personne ?

Maintenant, comparez ses réponses aux vôtres. Que remarquez-vous ?

Des quatre composantes de l'anxiété (les émotions, les pensées, les sensations physiques et les comportements), lesquelles sont directement observables dans la vidéo ? Lesquelles ne se voient pas ?

Qu'est-ce que cela vous indique à propos de la relation entre ces éléments de votre anxiété ?

Si cinq autres personnes regardaient la même vidéo et notaient ce qu'elles voient, quel serait à votre avis le résultat ?

4

100 % MOI

Nous nous laissons tous happer par le stress du quotidien. Malgré nos vies bien remplies, il est important de garnir nos journées de ce que nous apprécions le plus. Moins il y a de concordance entre nos comportements quotidiens et nos valeurs, plus nous risquons de développer des problèmes d'anxiété et de connaître un déclin de notre bien-être mental et physique. Cet exercice est inspiré par le travail de Steven Hayes sur les comportements axés sur les valeurs et il vous aidera à identifier vos propres valeurs.

Notez les cinq choses les plus importantes pour vous dans la vie. Ensuite, trouvez un comportement qui est en accord avec cette valeur. Par exemple, si vous accordez de l'importance au fait d'être un bon ami, vous pouvez faire l'effort de prendre des nouvelles de ceux qui sont dans une période difficile.

1 ....

Comportement : ....

2 ....

Comportement : ....

3 ....

Comportement : ....

4 ....

Comportement : ....

5 ....

Comportement : ....

Chaque jour de la semaine, essayer d'adopter au moins un comportement qui est en accord avec les valeurs que vous avez énumérées à la page précédente. Notez comment vous vous êtes senti avant, pendant et après.

Lundi

Comportement intentionnel

Avec quelle valeur est-il en accord ?

Comment je me sentais avant

Comment je me suis senti pendant

Comment je me suis senti après

Mardi

Comportement intentionnel

Avec quelle valeur est-il en accord ?

Comment je me sentais avant

Comment je me suis senti pendant

Comment je me suis senti après

Mercredi

Comportement intentionnel

Avec quelle valeur est-il en accord ?

Comment je me sentais avant

Comment je me suis senti pendant

Comment je me suis senti après

Jeudi

Comportement intentionnel

Avec quelle valeur est-il en accord ?

Comment je me sentais avant

Comment je me suis senti pendant

Comment je me suis senti après

Vendredi

Comportement intentionnel

Avec quelle valeur est-il en accord ?

Comment je me sentais avant

Comment je me suis senti pendant

Comment je me suis senti après

Samedi

Comportement intentionnel

Avec quelle valeur est-il en accord ?

Comment je me sentais avant

Comment je me suis senti pendant

Comment je me suis senti après

Dimanche

Comportement intentionnel

Avec quelle valeur est-il en accord ?

Comment je me sentais avant

Comment je me suis senti pendant

Comment je me suis senti après

5

NAGE OU SOMBRE

Parfois, les comportements axés sur les valeurs nous procurent une sensation d'inconfort. Supposons que vous vouliez être un bon étudiant, et pourtant vous procrastinez quand vous êtes débordé par les devoirs. Cette procrastination vous aide à ne pas ressentir le stress de votre travail. Sur le moment vous vous sentez mieux, mais le soulagement est de courte durée, car votre anxiété n'en est que plus grande lorsque vous n'arrivez pas à rendre votre devoir à temps. Alors qu'en vous tenant à un planning raisonnable, malgré le stress, vous vous assurez d'être dans les temps, et sans le surcroît d'anxiété découlant de la procrastination. Le but est d'endurer l'inconfort tout en adoptant le comportement (tenir un planning) qui vous aide à vous rapprocher de votre objectif ou vos valeurs (être un bon étudiant).

Pensez à quelques exemples où vous avez utilisé une stratégie particulière ou un comportement d'évitement pour échapper à l'anxiété et répondez aux questions suivantes.

- Stratégie utilisée pour éviter l'anxiété/le stress

Ça a fonctionné au début ?

Était-ce une sensation meilleure, pire ou pareille

Est-ce que cela a empêché votre anxiété de réapparaître plus tard ?

Cette attitude vous a-t-il aidé à aller vers vos valeurs ou vous a éloigné d'elles ?

Auriez-vous pu mieux gérer la situation ?

- Stratégie utilisée pour éviter l'anxiété/le stress

Ça a fonctionné au début ?

Était-ce une sensation meilleure, pire ou pareille

Est-ce que cela a empêché votre anxiété de réapparaître plus tard ?

Cette attitude vous a-t-il aidé à aller vers vos valeurs ou vous a éloigné d'elles ?

Auriez-vous pu mieux gérer la situation ?

- Stratégie utilisée pour éviter l'anxiété/le stress

Ça a fonctionné au début ?

Était-ce une sensation meilleure, pire ou pareille

Est-ce que cela a empêché votre anxiété de réapparaître plus tard ?

Cette attitude vous a-t-il aidé à aller vers vos valeurs ou vous a éloigné d'elles ?

Auriez-vous pu mieux gérer la situation ?

6

Stratégie DE LA LUTTE

Les émotions font partie de la vie de tous les jours. Elles surgissent, changent, empirent, s'améliorent, passent, et puis ça recommence. Nous le savons bien, toutes les émotions ne sont pas agréables : certaines provoquent de l'inconfort, voire de la peur. Il est naturel d'essayer d'échapper à ces émotions inconfortables. Malheureusement, cet évitement provoque une lutte sans fin entre nous-mêmes, nos pensées et nos émotions. Nos pensées se ramifient en inquiétude, nous essayons de débattre pour les chasser, nous optons pour des comportements en désaccord avec nos valeurs, et tout ça simplement pour ne pas nous sentir mal. Cette stratégie de lutte contre les mauvaises pensées et émotions ne fonctionne pas. Elle nous maintient dans un cycle toxique d'anxiété et d'évitement.

Au cours des prochains jours, repérez des situations où vous vous sentez bloqué dans une lutte intérieure.

Jour

1 Décrivez brièvement le déclencheur.

Quelle a été votre première pensée et/ou émotion ?

Comment évaluez-vous votre inconfort ?

○ Léger ○ Modéré ○ Fort

Qu'avez-vous fait pour éviter d'avoir à affronter cette lutte interne (par exemple : crier, boire, essayer d'oublier ce que vous ressentez, vous juger) ?

Quel impact cette lutte a-t-elle eu sur votre inconfort initial ? Est-ce que vous vous êtes senti mieux, pire ou pareil ?

Jour

2 Décrivez brièvement le déclencheur.

Quelle a été votre première pensée et/ou émotion ?

Comment évaluez-vous votre inconfort ?

○ Léger ○ Modéré ○ Fort

Qu'avez-vous fait pour éviter d'avoir à affronter cette lutte interne (par exemple : crier, boire, essayer d'oublier ce que vous ressentez, vous juger) ?

Quel impact cette lutte a-t-elle eu sur votre inconfort initial ? Est-ce que vous vous êtes senti mieux, pire ou pareil ?

Jour

3 Décrivez brièvement le déclencheur.

Quelle a été votre première pensée et/ou émotion ?

Comment évaluez-vous votre inconfort ?

- Léger
- Modéré
- Fort

Qu'avez-vous fait pour éviter d'avoir à affronter cette lutte interne (par exemple : crier, boire, essayer d'oublier ce que vous ressentez, vous juger) ?

Quel impact cette lutte a-t-elle eu sur votre inconfort initial ? Est-ce que vous vous êtes senti mieux, pire ou pareil ?

Jour

4 Décrivez brièvement le déclencheur.

Quelle a été votre première pensée et/ou émotion ?

Comment évaluez-vous votre inconfort ?

- Léger
- Modéré
- Fort

Qu'avez-vous fait pour éviter d'avoir à affronter cette lutte interne (par exemple : crier, boire, essayer d'oublier ce que vous ressentez, vous juger) ?

Quel impact cette lutte a-t-elle eu sur votre inconfort initial ? Est-ce que vous vous êtes senti mieux, pire ou pareil ?

Jour

5 Décrivez brièvement le déclencheur.

Quelle a été votre première pensée et/ou émotion ?

Comment évaluez-vous votre inconfort ?

◯ Léger ◯ Modéré ◯ Fort

Qu'avez-vous fait pour éviter d'avoir à affronter cette lutte interne
(par exemple : crier, boire, essayer d'oublier ce que vous ressentez, vous juger) ?

Quel impact cette lutte a-t-elle eu sur votre inconfort initial ?
Est-ce que vous vous êtes senti mieux, pire ou pareil ?

Jour

6 Décrivez brièvement le déclencheur.

Quelle a été votre première pensée et/ou émotion ?

Comment évaluez-vous votre inconfort ?

◯ Léger ◯ Modéré ◯ Fort

Qu'avez-vous fait pour éviter d'avoir à affronter cette lutte interne
(par exemple : crier, boire, essayer d'oublier ce que vous ressentez, vous juger) ?

Quel impact cette lutte a-t-elle eu sur votre inconfort initial ?
Est-ce que vous vous êtes senti mieux, pire ou pareil ?

7

LES ABEILLES LABORIEUSES

Cet exercice, adapté de celui du Dr Steven Hayes appelé « Les passagers du bus » vous aidera à trouver de meilleures solutions sur le moment lorsqu'une émotion négative vous submerge et que vous ressentez l'envie pressante de vous en débarrasser. C'est une capacité utile à avoir dans sa boîte à outils pour éviter de se retrouver coincé, surtout lorsqu'on rencontre une situation difficile (par exemple, en cas de rupture).

Lisez le scénario suivant et répondez aux questions qui suivent :

Vous êtes invité à un pique-nique près d'un lac avec vos amis. Alors que vous longez le lac pour les retrouver, vous entendez un gros bourdonnement. En vous tournant en direction du bruit, vous découvrez un énorme essaim de moustiques près du lac. Vous vous immobilisez, indécis sur ce que vous allez faire, puis vous poursuivez votre route. Mais l'essaim se lance à votre poursuite. Immédiatement, vous vous arrêtez et restez immobile. Alors les moustiques retournent à leur emplacement près du lac et vous laissent tranquille. Que faites-vous ?

Imaginons maintenant que chaque moustique représente une pensée ou émotion négative. Si vous restez calme, ces pensées et émotions vous laissent tranquille. Si vous continuez à vous diriger vers l'espace du pique-nique, elles vous envahissent. Mais heureusement, vous avez pensé à mettre de l'antimoustique ! Donc même si ces émotions désagréables vous encerclent, elles ne peuvent vous toucher. Est-ce que cet élément modifie la stratégie que vous avez choisie à la page précédente ? Si oui, comment ?

Il peut sembler plus confortable de s'immobiliser puisque ainsi les moustiques vous laissent tranquille. Vous pourriez aussi rentrer chez vous. Annuler les projets annule aussi le stress et les craintes qui les accompagnent, de manière temporaire. Quels sont les désavantages, s'il y en a, de ces deux stratégies ? Serait-ce en accord avec vos valeurs ?

8

FAIRE OU NE PAS FAIRE

Cette stratégie met en valeur la force des comportements. Les personnes souffrant d'anxiété supposent souvent qu'elles ne peuvent pas faire certaines choses. Par exemple : « Je ne peux pas parler en public, c'est trop effrayant » ou « c'est impossible que je sorte avec lui, regarde-moi ! » Bien que les pensées et émotions anxieuses aient une influence sur nos comportements, elles ne les contrôlent pas et ne les déclenchent pas.

Suivez ces instructions, puis répondez aux questions ci-dessous :

étape 1

Dites-vous : « Je dois sauter sur place », tout en restant immobile, les deux pieds bien au sol.

étape 2

Dites-vous : « Je n'arrive pas à ouvrir les yeux », tout en gardant les yeux grands ouverts.

étape 3

Dites-vous : « J'ai des mèches vertes et mauves », puis allez vous regarder dans le miroir.

Alors, avez-vous sauté sur place ?

Avez-vous été incapable d'ouvrir les yeux ?

Vos cheveux sont-ils verts et mauves ?

Qu'est-ce que cela prouve ?

Retrouvez un moment où vous pensiez que vos pensées et/ou émotions provoquaient des comportements, puis répondez aux questions ci-dessous.

Quelles étaient ces pensées/ces émotions ? Quel(s) étai(en)t ce(s) comportement(s) ?

Votre comportement dans ce contexte vous a-t-il rapproché de vos valeurs ?

Ce comportement vous a-t-il, de ce fait, rendu moins anxieux ?

Ce comportement a-t-il aggravé votre anxiété plus tard ? Pourquoi ?

9

Mental MYTHO

Les pensées ne contrôlent pas nos actions, et elles ne détiennent pas toujours la vérité non plus. Eh oui, nos pensées anxieuses nous mentent. Beaucoup. Combien de fois vous vous êtes dit : « Je ne peux pas aller à cette fête, je me sens bien trop angoisse » ? L'anxiété vous rend-elle physiquement incapable d'aller à la fête ? Non. Vous pouvez être anxieux et participer à la fête quand même.

Décrivez trois exemples de pensées anxieuses qui vous ont induit en erreur sur votre capacité à faire quelque chose.

1 ....

2 ....

3 ....

Parfois, nous utilisons des pensées anxieuses en guise d'excuses pour nous extraire d'une situation inconfortable. Elles sont la plupart du temps fondées sur la peur et inexactes. Dans la situation de la fête, de véritables excuses valables pour ne pas pouvoir aller à cet événement seraient par exemple :

- Vous êtes malade, avec de la fièvre.
- Vous avez un travail à rendre.
- C'est le même week-end que le mariage d'un ami.

Reprenez les pensées anxieuses que vous avez listées sur la page précédente. Pour chacune, trouvez une explication réaliste pour laquelle vous auriez pu ou n'auriez pas pu faire quelque chose.

1 ....

2 ....

3 ....

Dans les jours qui viennent, prêtez attention à vos pensées lorsque vous devez faire face à une situation stressante. Ci-dessous, racontez ces situations et les « prétextes » qui vous sont venus à l'esprit.

1 ....

2 ....

3 ....

Maintenant, donnez des explications réalistes pour n'avoir pas pu faire ce que la situation exigeait.

1

2

3

Avez-vous remarqué un quelconque changement dans votre motivation pour oser affronter des situations stressantes ou que vous évitiez jusque-là ?

Parfois, prendre conscience d'un raisonnement faussé
et faire la distinction entre les faits et les projections constituent
des stratégies efficaces pour encourager les comportements sains
et mieux gérer le stress et l'anxiété au quotidien.

10

Émotions MALHONNÊTES

IL VOUS FAUT :

Un minuteur

Les émotions, comme les pensées, ne génèrent pas automatiquement des comportements. Cet exercice va vous aider à mieux prendre conscience de vos comportements sur le moment, afin que vous puissiez veiller à ce que vos émotions ne dictent pas vos actions. Quand nous utilisons les émotions comme raison de ne pas faire quelque chose, nous supposons de manière erronée que nos émotions ont le contrôle sur nos comportements, et pas nous. Alors qu'en réalité, nos comportements peuvent changer, peu importe notre humeur.

Choisissez quelque chose qui vous cause énormément de stress et d'anxiété.

Pendant soixante secondes, pensez à ce que vous avez inscrit ci-dessus. Remarquez l'anxiété que cela provoque en vous. Soyez attentif à votre corps, à votre pouls, à votre tension musculaire, etc.

Maintenant, choisissez une action simple (par exemple, consulter ses mails).

Dites-vous :

"Je ne peux pas [consulter mes mails] parce que je suis angoissé."

Continuer à répéter cette affirmation tout en faisant l'action choisie.

Est-ce que votre anxiété vous a empêché de réaliser l'action que vous aviez choisie ?

Pourquoi ?

Était-ce difficile ?

Quelles auraient été les conséquences possibles si vous n'aviez pas fait la tâche (par exemple : si je n'avais pas consulté mes mails à cause de mon anxiété, je n'aurais pas vu que mon heure de rendez-vous avait changé).

Au cours de la semaine suivante, prêtez attention aux choses dont vous vous sentez incapables à cause de votre anxiété ou de votre stress. Notez ces comportements et ces émotions dans la fiche de suivi ci-dessous.

	Comportement/action	Émotion	Évaluez la force de l'émotion de 1 à 10	Avez-vous fait l'action ? (O/N)	Évaluez l'émotion après avoir agi/ou non
Lundi					
Mardi					
Mercredi					
Jeudi					
Vendredi					
Samedi					
Dimanche					

Qu'avez-vous remarqué au sujet de vos émotions après avoir agi ou après avoir renoncé à un comportement ?

Étudiez votre liste de comportements/actions. Y voyez-vous un thème commun ? Y a-t-il un schéma récurrent ?

Qu'avez-vous trouvé difficile dans cet exercice ?

11

Les contraires NE S'ATTIRENT PAS

Lorsque notre comportement est axé sur nos émotions, nous sommes plus susceptibles de faire des choses impulsives et malsaines. Imaginons, par exemple, que vous passez une très mauvaise journée au travail, vous êtes en colère, agité. Alors que vous avez une réunion importante le lendemain matin, vous sortez prendre des verres le soir. Et vous ratez votre réunion parce que vous ne vous êtes pas réveillé. Votre colère et votre agitation de la veille non seulement s'aggravent, mais vous êtes désormais très angoissé, car vous craignez de vous faire renvoyer.

Un moyen efficace de vous assurer que vos comportements ne soient pas profondément influencés par votre humeur est de faire exactement le contraire de ce que vos émotions et vos pulsions vous poussent à faire. Voilà pourquoi s'ancrer dans l'instant présent est crucial dans le traitement de l'anxiété. Plus nous sommes pleinement conscients, plus il est aisé de faire un pas de côté, d'examiner nos options et de choisir le comportement le plus sain.

Voici une liste de comportements qui sont susceptibles d'avoir des conséquences négatives. Pour chacun, donnez la réaction totalement inverse :

1 Aller boire après une mauvaise journée de travail, la veille d'une réunion importante.

2 Consulter les réseaux sociaux toute la nuit pour voir ce que fait votre ex et avec qui il/elle est.

3 S'inquiéter tellement de votre projet de fin d'année que vous évitez totalement de le faire.

Répondez aux questions suivantes en vous inspirant d'un exemple récent où votre comportement a été dicté par vos émotions (peur, inquiétude, colère), ce qui a eu des conséquences négatives.

1 Décrivez brièvement la situation qui a déclenché votre inconfort.

2 Quelle émotion éprouviez-vous à ce moment-là ?

3 Quel comportement avez-vous adopté ?

4 Quel résultat a découlé de ce comportement ?

5 Donnez un exemple de comportement qui serait l'exact opposé de votre réaction précédente.

6 Si vous aviez adopté ce comportement négatif, pensez-vous que votre inconfort aurait été pire après coup ?

7 Quel aurait été le résultat possible si vous aviez adopté le deuxième comportement ?

12

Une pomme par jour... MAINTIENT LE STRESS SOUS VOTRE NEZ

La vie n'est pas exempte de stress et d'anxiété, y compris quand elle est satisfaisante et bien remplie. Mais nous sommes capables de le supporter de manière non toxique (sans refoulement ou contrôle). Cette stratégie vous montre que supporter votre anxiété d'une manière différente apporte des changements bénéfiques.

Imaginez que vous cueillez des pommes pour faire une tarte. Vous choisissez un grand sac au lieu d'un gros chariot pour ramasser vos pommes. Chacune représente une source de stress dans votre vie (par exemple: l'argent, le travail, le mariage, les enfants, la santé, le match de tennis du week-end suivant). Que représenteraient vos pommes?

Lorsque votre sac est plein, vous décidez de rentrer. Mais le sac est trop lourd à porter, alors vous le traînez jusqu'à votre voiture. Vous êtes pressé d'arriver chez vous et vous continuez à traîner les pommes jusqu'en haut de la colline où se trouve votre voiture. Bien vite, vos bras vous font mal. Ces pommes vous entravent. Vous transpirez, vous luttez et vous n'avancez presque pas. En même temps, vous ne voulez pas laisser les pommes que vous avez passé des heures à cueillir. Et puis vous en avez besoin pour votre gâteau. Que faites-vous ?

Soudain, vous vous souvenez du gros chariot encombrant. Vous retournez le chercher. Comment cela va-t-il vous aider ?

Maintenant, essayez d'appliquer ce scénario à votre propre vie. Répondez dans les espaces ci-dessous.

Comment modifier la manière dont vous portez une source de stress donnée peut-il avoir un impact sur votre quotidien ?

Quelle forme prendrait ce changement ?

Est-ce que ce changement aide à rétablir de la cohérence entre vos actions et vos valeurs ? Pourquoi ?

Que choisiriez-vous de faire avec tout ce temps que vous ne destinez plus aux luttes intérieures ?

13

Lieux, gens ET SCHÉMAS

Chacun peut trouver un exemple d'une occasion où il a réagi de manière exagérée, ne se rendant compte que plus tard que son comportement était inacceptable. Peut-être que vous avez crié sur votre enfant parce qu'il avait laissé son manteau au beau milieu du salon. Vous avez donné un long coup de klaxon au conducteur devant vous qui n'avait pas démarré au quart de tour lorsque le feu était passé au vert. Ou vous avez crevé alors que vous aviez déjà trente minutes de retard et de rage vous avez jeté votre téléphone par terre.

Qu'est-ce qui nous pousse à réagir d'une certaine manière, sans commune mesure avec ce qui s'est passé ? En d'autres termes, pourquoi nos réactions sont-elles parfois bien plus grosses que la situation elle-même ? La plupart du temps, c'est que nous ne réagissons pas seulement à la situation présente, mais à des choses qui se sont produites par le passé. Cet exercice vous aidera à identifier les situations susceptibles de déclencher une réaction disproportionnée et vous fournira les outils nécessaires pour modifier votre comportement sur le moment.

Pensez à un exemple où votre réaction à quelque chose était disproportionnée par rapport à la situation.

Où cela s'est-il produit ? (par ex. au marché)

Qui d'autre était impliqué ? (par ex. une autre femme dans file d'attente)

Quel a été votre comportement exagéré ? (par ex. quitter brusquement la boutique)

Quelle a été votre réponse cognitive ? (par ex. « Comment ose-t-elle me parler comme ça ? »)

Quelle a été votre réaction émotionnelle ? (par ex. colère, tristesse)

Est-ce que quelque chose s'étant produit avant a pu accentuer votre réaction ?

Est-ce que quelque chose dans cette situation vous a fait penser à quelqu'un de votre passé ? (par ex. la femme ressemblait à votre sœur, c'est dans cette boutique que votre père travaillait)

Est-ce que la situation vous a rappelé une autre occasion où vous avez ressenti quelque chose de similaire ?

Au cours de la semaine, s'il vous arrive d'avoir des réactions qui vous semblent disproportionnées par rapport à la situation, notez-les dans le journal ci-dessous. Soyez attentif aux émotions et pensées qui surgissent.

jour
1

Situation :

Émotion :

Réaction/comportement :

Pensées :

Souvenirs ravivés à ce moment précis ?

Des émotions ou pensées familières ?

jour
2

Situation :

Émotion :

Réaction/comportement :

Pensées :

Souvenirs ravivés à ce moment précis ?

Des émotions ou pensées familières ?

jour
3

Situation :

Émotion :

Réaction/comportement :

Pensées :

Souvenirs ravivés à ce moment précis ?

Des émotions ou pensées familières ?

jour
4

Situation :

Émotion :

Réaction/comportement :

Pensées :

Souvenirs ravivés à ce moment précis ?

Des émotions ou pensées familières ?

jour
5

Situation :

Émotion :

Réaction/comportement :

Pensées :

Souvenirs ravivés à ce moment précis ?

Des émotions ou pensées familières ?

jour

6

Situation :

Émotion :

Réaction/comportement :

Pensées :

Souvenirs ravivés à ce moment précis ?

Des émotions ou pensées familières ?

jour

7

Situation :

Émotion :

Réaction/comportement :

Pensées :

Souvenirs ravivés à ce moment précis ?

Des émotions ou pensées familières ?

À la fin de la semaine, reprenez votre journal.

Repérez-vous des schémas récurrents dans vos comportements ?

Repérez-vous des thèmes dans vos raisonnements ?

Et concernant vos émotions ?

D'où viennent ces schémas d'après vous ?

14

Station D'ANTICIPATION

Cet exercice se base sur un concept connu sous l'appellation « anxiété anticipatoire », c'est-à-dire l'anxiété que l'on pense que l'on va avoir en faisant quelque chose qui met très mal à l'aise. Autrement dit, c'est l'anxiété à propos de l'anxiété. Par exemple, supposons que, selon votre programme scolaire, vous devez présenter un projet le 11 juillet, devant toute la classe, qui comptera pour 50 % de votre note finale. Cela fait monter en flèche votre anxiété. Vous pensez uniquement au fait que vous allez être jugé par vos camarades de classe, que vous allez faire une crise de panique devant tout le monde. À mesure que le mois de juillet approche, l'anxiété devient intolérable. C'est de l'anxiété d'anticipation. Mais la bonne nouvelle, c'est que ce genre d'anxiété est presque toujours pire que l'anxiété que l'on éprouve dans la situation problématique.

À l'aide du tableau ci-contre, faites un suivi de votre anxiété anticipatoire sur quelques jours. Prêtez attention aux montées et descentes de votre niveau d'anxiété.

Événement déclencheur à venir	Niveau d'anxiété de 0 à 100		
(ex : RDV médical, organiser un dîner dans la semaine)	Les jours précédents	Le jour de l'événement	Après l'événement

Comment avez-vous vécu cet exercice ? Est-ce que ça a été difficile pour vous ?
Si oui, pourquoi ?

Qu'avez-vous remarqué à propos de votre anxiété d'anticipation ?

Décrivez les différences que vous avez remarquées entre votre anxiété pendant l'événement et après.

Que se serait-il passé, d'après vous, si vous aviez complètement évité la situation ?

15

Pour remporter la course, IL FAUT ALLER LENTEMENT MAIS SÛREMENT

Les gens dépensent des quantités d'énergie mentale et d'efforts pour éviter ce qui les met mal à l'aise, et les rend anxieux. Comme nous l'avons compris, lorsque nous évitons ce qui nous rend anxieux, il se passe trois choses. D'abord, nous nous adressons un message selon lequel nous sommes incapables de réaliser ces tâches. Deuxièmement, nous confirmons notre impuissance face à l'anxiété. Et troisièmement, nous aggravons nos symptômes d'anxiété, créant un cercle vicieux d'anxiété et d'évitement.

La thérapie d'exposition graduée (ou désensibilisation systématique) a comme principe de nous faire aller vers l'inconfort de l'anxiété au lieu de nous en éloigner, de manière systématique. Le but est de dissoudre peu à peu l'évitement des situations génératrices d'anxiété et d'augmenter la tolérance aux pensées, émotions et sensations anxieuses. Ce qui apparaît comme un jeu d'enfant pour certains peut s'apparenter à l'ascension de l'Everest pour ceux qui souffrent d'anxiété. C'est trop accablant et cela pourrait les précipiter à leur perte. Il est important de morceler les situations en ce que j'appelle « des tâches d'une simplicité insultante ». Ces petites étapes faciles constituent des objectifs réalisables, ce qui vous donne un sentiment de maîtrise et d'espoir.

Pensez à une situation que vous évitez souvent, car elle vous dépasse, vous stresse et vous rend terriblement anxieux (par exemple, faire le ménage).

Divisez la situation choisie en dix étapes distinctes. Par exemple « faire le ménage » peut se décomposer ainsi : ranger le linge, faire la vaisselle, laver les plans de travail de la cuisine, etc.

1
2
3
4
5
6
7
8
9
10

Sur une échelle de 1 à 10 (1 procure le moins d'anxiété, 10 le plus), évaluez chaque élément de la liste, sans utiliser deux fois le même chiffre. Indiquez les valeurs à côté de chaque élément.

Puis reprenez vos dix étapes dans l'ordre où vous les avez évaluées, en commençant par celle qui génère le moins d'anxiété.

Tâche	Évaluation avant	Évaluation pendant	Évaluation après
1	◯	◯	◯
2	◯	◯	◯
3	◯	◯	◯
4	◯	◯	◯
5	◯	◯	◯
6	◯	◯	◯
7	◯	◯	◯
8	◯	◯	◯
9	◯	◯	◯
10	◯	◯	◯

Maintenant, essayez de faire ces tâches dans l'ordre, au fil de la journée. Il est important de ne pas aller trop vite. Si vous vous forcez à endurer avec le sourire, vous vous privez de l'expérience complète de ressentir votre anxiété dans l'instant. Ce n'est qu'une fois que vous vous sentez à l'aise avec votre niveau d'anxiété que vous devriez passer à l'étape suivante.

À mesure que vous avancez d'une étape à l'autre, n'oubliez pas de noter vos émotions. À l'aide du tableau ci-contre, évaluez votre anxiété avant, pendant et après chaque étape, sur une échelle de 1 à 100.

Une fois arrivé au bout de la liste, répondez aux questions suivantes :

Qu'avez-vous remarqué à propos de votre anxiété au fil des tâches de la liste ?

Quels obstacles avez-vous rencontrés ? Comment les avez-vous surmontés ?

Si vous aviez tenté de réaliser cette action d'un coup, quel aurait été le résultat à votre avis, et quel aurait été l'impact sur votre anxiété ?

16

Il est temps de DÉGAGER DU TEMPS

Le temps que nous passons à lutter contre les choses auxquelles nous ne voulons pas penser peut s'avérer substantiel. Cette bataille nous extrait du moment présent et nous enferme dans notre esprit, ce qui aggrave le stress, l'anxiété et même la dépression. Cela entrave notre capacité à être présents tout en effectuant des choses qui nous tiennent à cœur.

	Liste des conflits intérieurs les plus accaparants et accablants	Durée approximative que vous consacrez *par jour* à ces conflits
1		
2		
3		
4		
5		

Une fois votre tableau complété, répondez aux questions suivantes :

Chaque jour, combien de temps passez-vous approximativement à lutter contre des émotions et pensées indésirables ?

Si vous divisez par deux cette durée, combien de temps libérez-vous ?

Que feriez-vous de ce temps libre si vous ne restiez pas bloqué à lutter dans votre tête ? Établissez une liste de 5 à 10 actions ou comportements en accord avec vos valeurs.

1
2
3
4
5
6
7
8
9
10

17

La voie de la SIMPLICITÉ

Quand on se sent anxieux ou stressé, il est courant de se sentir facilement dépassé. Vous vous êtes peut-être même déjà senti paralysé, incapable de commencer ou finir une tâche. L'anxiété est connue pour sa capacité à déformer la perception des difficultés et des compétences. Les personnes souffrant d'anxiété perçoivent souvent leur « to-do list » comme accablante et ne leur apportant quasiment pas de récompense émotionnelle. Elles ont du mal à voir leurs véritables capacités et croient au contraire tout ce que leur anxiété leur souffle. Cet exercice aide à identifier les perceptions liées à l'anxiété à propos de vos capacités à réaliser des tâches qui vous impressionnent.

Faites une liste de cinq activités que vous appréciez et qui vous semblent gratifiantes. Il peut s'agir de choses que vous reportez toujours, car vous vous sentez débordé.

Après avoir fait la liste de ces activités, notez-les de 1 à 10 selon la difficulté à laquelle vous vous attendez (1 pour la plus facile, 10 la plus ardue). Après avoir fini chaque activité, indiquez à quel point elle a été gratifiante pour vous (1 étant le moins gratifiant et 10 le plus).

	Activité	Difficulté (1-10)	Gratification (1-10)
1			
2			
3			
4			
5			

Décrivez votre expérience lors de cet exercice.

Votre évaluation des difficultés était-elle juste ? Si ce n'est pas le cas, en quoi était-ce différent de ce que vous avez finalement vécu ?

Trouvez-vous que plus la tâche était plaisante, plus le niveau de gratification était grand ? Si oui, pourquoi ?

Avez-vous remarqué un lien entre votre évaluation initiale de la difficulté et la gratification que l'activité vous a apportée ?

Réaliser des activités où la gratification est grande a-t-il un effet sur votre humeur générale ?

Si vous deviez réévaluer le niveau de difficulté de ces activités, modifieriez-vous les scores ? Si oui, pourquoi ?

18

Comment ~~être~~ AGIR SANS ANXIÉTÉ

Bien trop souvent, quand je demande à de nouveaux patients quels sont leurs objectifs de thérapie, j'entends des variations sur le thème : « Je veux juste être heureux. » Cela semble raisonnable et réaliste, mais c'est précisément ce qui les bloque. Que signifie vraiment « heureux » ? Comment savoir si je suis heureux ? Avoir la joie ou n'importe quelle émotion comme objectif est contre-productif, car l'humeur est changeante par nature. Cela veut-il dire pour autant que nous devons renoncer à être heureux ? Non, bien sûr que non. Mais la manière dont nous envisageons le bonheur, et comment nous essayons d'y parvenir, impacte notre santé mentale de manière significative et sur le long terme.

Imaginez que vous entrez dans mon cabinet pour la première fois, pour entamer une thérapie pour soigner votre anxiété. À la fin de l'évaluation, je vous demande de me donner vos trois objectifs premiers pour ce travail. Vous me répondez :

1 Je veux cesser de m'inquiéter autant !

2 Je veux juste ne plus me sentir angoissé.

3 Je ne veux plus penser que les autres me jugent tout le temps.

Qu'est-ce qui peut poser problème avec ces objectifs ?

Les objectifs doivent toujours être axés sur le comportement. Autrement dit, il faut pouvoir suivre l'évolution de manière tangible et mesurable. Cela rend les objectifs plus spécifiques, plus réalistes et plus accessibles.

Si vous étiez moins anxieux, que feriez-vous davantage ? et moins ?

Un bon truc pour vous aider à rester sur des objectifs basés sur le comportement est d'imaginer que quelqu'un vous filme pendant que vous essayez de manière active d'atteindre vos objectifs. S'ils ne vous voient pas faire *quelque chose*, ce n'est sans doute pas un comportement. Par exemple, on ne peut pas vous *voir penser* à comment être moins anxieux quand il y a du monde. Par contre, on peut vous voir demander de l'aide à un vendeur pour trouver un produit. C'est un comportement, il est observable et mesurable. Plus vous vous livrez à des comportements sans anxiété, moins vous vous sentirez anxieux dans ce genre de situations. Mais réfléchir à la manière d'être moins anxieux n'est pas un comportement. Le seul effet est de vous maintenir dans le mental, alors que vous n'avez rien fait pour *agir* différemment.

Reformulez les objectifs de la page précédente pour les rendre plus spécifiques et plus accessibles.

1

2

3

Maintenant, écrivez trois de vos objectifs personnels, à l'aide des stratégies décrites ci-dessus.

1

2

3

CONCLUSION

J'espère sincèrement que ce livre d'exercices vous a donné une meilleure compréhension globale de ce qu'est l'anxiété, et que vous êtes à présent équipé des outils nécessaires pour gérer votre anxiété et le stress quotidien. Beaucoup de gens se retrouvent coincés dans des schémas nocifs pendant des décennies. En avançant en âge et à mesure que les conditions de vie changent, ces schémas de comportement doivent s'ajuster. Certains comportements nécessitent une simple modification tandis que d'autres demandent une refonte totale. Certains restent efficaces tandis que d'autres sont devenus obsolètes et malsains. À certains moments de notre vie, ces schémas ont pu nous aider à nous adapter, mais ils sont devenus nocifs et nous empêchent à présent d'avancer. Ce livre a pour but de vous aider à vous dépêtrer du fatras et du chaos qui encombrent votre esprit.

S'améliorer est un voyage, pas une destination et il est important de se fixer des attentes réalistes concernant l'anxiété tout au long du parcours. N'oubliez pas que vous ne pouvez pas simplement éradiquer toute anxiété, car il s'agit d'une émotion naturelle et nécessaire, qui vous donne des informations sur votre environnement et vous alerte des dangers. Sans cela, nous n'aurions pas ce système d'alarme pour nous signaler les menaces. Le cœur qui bat vite, le souffle court, les muscles qui se contractent sont des réactions adaptatives… à condition qu'il y ait vraiment un danger. Quand ces symptômes surviennent en l'absence de menace et que nous luttons pour les faire taire, nous augmentons leur intensité. Ces sensations ne sont pas agréables, voire insoutenables parfois, mais essayer de les éviter ou de les contrôler n'aboutit qu'à les prolonger. Il est donc important de développer les outils pour supporter cet inconfort sur le moment, le temps qu'il passe. Comme une vague, les émotions montent, culminent puis s'échouent, sans aucune intervention nécessaire. Si vous continuez à lutter contre la vague, vous allez vous épuiser et vous faire submerger. Dans les deux cas, la vague va monter, culminer et s'échouer. Quoi qu'il arrive, le motif reste le même. La vraie question est : voulez-vous vous épuiser à lutter contre la vague ? Ou rester à côté pour observer le ressac, tout en conservant votre énergie pour les choses qui comptent ?

La lutte que nous menons pour éviter les émotions inconfortables peut prendre des formes bien différentes selon les individus. Pour certains, c'est l'isolation sociale, le perfectionnisme ou l'inquiétude. Pour d'autres, l'alcoolisme, les drogues, les paris. Tous ces comportements nous éloignent de nos vraies valeurs et ont un impact négatif sur notre santé mentale. Voilà pourquoi identifier ces stratégies d'évitement représente un élément essentiel dans ce livre. Augmenter sa capacité à la pleine conscience aide à cibler puis à modifier les comportements qui nous desservent. En utilisant ces exercices pour vous guider, vous pourrez opter pour des comportements plus sains et en accord avec vos valeurs, afin d'aller vers une vie qui a du sens pour vous et qui vous apporte de la satisfaction.

On peut se retrouver submergé par l'anxiété et le stress quotidien, voire paralysé. Mais ce sont des problèmes que l'on peut traiter. Développer sa pleine conscience, sa tolérance à l'inconfort, et identifier les comportements sains, axés sur les valeurs vous sortira des luttes intérieures pour vous ancrer dans l'instant présent. N'oubliez pas qu'il s'agit d'un processus, et il est rarement de tout repos. Cela requiert du temps, de la volonté et de la patience. Soyez doux avec vous-même.

RÉFÉRENCES & RESSOURCES

Bacow, Terri. *Goodbye Anxiety: A Guided Journal for Overcoming Worry.* Spruce Books, 2021.

Forsyth, John P. et Georg H. Eifert. *The Mindfulness and Acceptance Workbook for Anxiety: A Guide to Breaking Free from Anxiety, Phobias and Worry Using Acceptance and Commitment Therapy.* 2d Edition. New Harbinger Publications, 2016.

Harris, Russ et Penet Claude. *Passez à l'ACT : Pratique de la thérapie d'acceptation et d'engagement.* De Boeck Supérieur, 2022.

Harris, Russ et Chrétien Louise. *Le Piège du bonheur : créez la vie que vous voulez.* Éditions de l'homme, 2010.

Harris, Russ et Lansac Jean-Loup. *Le Choc de la réalité : Surmonter les épreuves grâce à la thérapie ACT.* Éditions de l'homme, 2014.

Hayes, Steven C et Plisson Emmanuel. *Penser moins pour être heureux : ici et maintenant, accepter son passé, ses peurs et sa tristesse.* Eyrolles, 2013.

Hayes, Steven C. *Un esprit libéré.* Robert Laffont, 2022.

Leahy, Robert L. *The Worry Cure: Seven Steps to Stop Worry From Worrying You.* Three Rivers Press, 2005.

Mckay, Matthew, Jeffery C. Wood et Jeffery Brantley. *The Dialectical Behavior Therapy Skills Workbook: Practical DBT Exercice for Learning Mindfulness, Interpersonal Effectiveness, Emotion Regulation and Distress Tolerance.* New Harbinger Publications, 2019.

Wolkin, Jennifer. *Quick Calm: Easy Meditations to Short-Circuit Stress Using Mindfulness and Neuroscience.* New Harbinger Publications, 2021.

Assurance maladie :
www.ameli.fr/assure/sante/themes/troubles-anxieux-anxiete/comprendre-troubles-anxieux-anxiete

Haute autorité de santé :
www.has-sante.fr/upload/docs/application/pdf/guide_medecin_troubles_anxieux.pdf

Inserm :
www.inserm.fr/dossier/troubles-anxieux/

Source : anxiete.fr
www.anxiete.fr/troubles-anxieux/trouble-anxieux-generalise/anxiete/

Association pour venir en aide aux personnes souffrant d'anxiété :
www.revivre-france.org/page/586677-accueil

Mini-méditations :
www.enpleineconscience.ch/mini-assises-10-minutes/

Podcasts sur les troubles anxieux :
podcasts.audiomeans.fr/anxiete-et-toc-la-promesse-du-podcast-c76f9a133bd0

À PROPOS DU LIVRE

Les exercices de ce manuel sont des adaptations de plusieurs méthodes thérapeutiques qui sont toutes basées sur l'expérience. La thérapie de l'acceptation et de l'engagement (ACT), la thérapie cognitive basée sur la pleine conscience (TCBPC), la thérapie comportementale dialectique (TCD) et la thérapie cognitivo-comportementale (TCC) ont toutes fait leurs preuves pour traiter divers troubles psychologiques, y compris la dépression, l'anxiété généralisée, les troubles paniques, l'anxiété sociale, le syndrome de stress post-traumatique et les troubles obsessionnels compulsifs.

Au cours des vingt dernières années, j'ai eu recours à diverses combinaisons entre ces approches auprès de mes patients. Tout comme les stratégies présentées dans ce livre, je choisis des outils et des exercices en puisant dans ces méthodes selon les besoins de mes patients, leur style d'interaction et leur diagnostic. Les stratégies auxquelles j'ai recours, à la fois dans mon cabinet et dans ce livre, sont axées sur la thérapie comportementale, c'est-à-dire que l'accent est mis sur l'importance de changer les comportements néfastes.

REMERCIEMENTS

Tout d'abord, je tiens à remercier Quarto de m'avoir donné la chance d'écrire ce livre. Merci, Katie Moore, pour votre patience et vos conseils judicieux tout au long du processus d'écriture.

À mes collègues, les docteurs Jen Wolkin, Rachel Goldman et Ann-Louise T. Lockhart, je vous suis reconnaissante de m'avoir offert votre sagesse, votre soutien et votre amitié unique. Je remercie spécialement le Dr Terri Bacow qui a répondu inlassablement à mes questions. J'ai adoré l'incroyable communauté Instagram des professionnels de la santé mentale : j'ai appris à les connaître et leur travail, leurs connaissances m'ont été d'un grand secours. Merci Tesia et John Barone, les génies qui ont créé mon site web et le design de toutes mes pages sur les réseaux sociaux.

Merci infiniment à tous mes professeurs, mes responsables de clinique et mes mentors, qui m'ont guidée au fil de mes études et au-delà, et dont l'influence se fait encore sentir dans ma pratique médicale aujourd'hui. J'aimerais mettre en avant le travail remarquable et novateur des docteurs Steven Hayes, Kelly Wilson, Aaron Beck, Judith Beck, Zindel Segal, Mark Williams, John Teasdale et Marsha Linehan. Leurs théories forment la toile de fond de la plupart des exercices présentés dans ce manuel.

Merci aussi à mon « clan » : mes amis d'enfance et d'études, mes amies-mamans, mes potes du tennis et de travail : vous avez tous eu un rôle dans mon cheminement professionnel, et je tiens votre amitié en plus haute estime. Donna et Caroline, dire que ma famille serait perdue sans vous est un euphémisme ! Merci d'être simplement vous. Et enfin, je remercie ma famille pour son soutien, sa compréhension et sa patience tout au long de cette expérience.

À PROPOS DE L'AUTEURE

Le docteur Jaime Zuckerman est diplômée de l'université d'État d'Ohio, et elle a soutenu son doctorat de psychologie clinique à l'université La Salle. Elle a fait son internat dans plusieurs hôpitaux des environs de Philadelphie, notamment à Temple University et au prestigieux Centre de thérapie cognitive de l'université de Pennsylvanie. Elle a également exercé au Long Island Jewish Medical Center du Queens, à New York.

Le docteur Zuckerman est une psychologue clinicienne agréée qui exerce dans un cabinet privé en bordure de Philadelphie. Spécialisée en thérapie cognitivo-comportementale et en thérapie de l'acceptation et de l'engagement, elle s'occupe du traitement d'adultes souffrant d'anxiété, de dépression et devant faire face à des maladies physiques. Elle traite également les relations narcissiques et aide les personnes ayant souffert de maltraitances narcissiques.

Le docteur Zuckerman apporte ses contributions à divers médias et agit aussi en tant qu'influenceuse sur les réseaux sociaux au sujet de la santé mentale. Elle est apparue dans diverses publications, notamment Vogue, Shape, la Harvard Business Review, Women's Health et le Washington Post. Elle dispose d'une tribune régulière dans Verywell Health. Divers podcasts et émissions ont également fait appel à elle en tant qu'experte de la santé mentale, notamment Fox29 News, PHL 17, CBS3 Philly, Daily Mail TV et The List TV.

Elle coprésente un podcast hebdomadaire sur la santé mentale *It's me, Dr. Z, with JB*, qui prend à la fois le point de vue du patient et du psychologue. Jaime Zuckerman est également membre du conseil d'administration de la fondation pour l'épilepsie de la Pennsylvanie de l'Est et représente régulièrement cette organisation ainsi que la fondation pour le syndrome de Dravet.

Le docteur Zuckerman vit dans la banlieue de Philadelphie avec sa famille. Quand elle n'est pas occupée à travailler/lire/écrire/parler/poster sur le net ou materner, elle adore jouer au tennis, lire des thrillers psychologiques et regarder de bons documentaires.

Pour trouver d'autres ressources sur la santé mentale (ateliers en ligne compris), des pages/comptes sur les réseaux sociaux, des vidéos, des articles et des émissions en lien avec cette professionnelle, rendez-vous sur les sites suivants :
Site internet : www.drjaimezuckerman.com
podcast : *It's Me, Dr. Z with JB*, disponibles sur Apple Podcasts et ailleurs
Instagram : @dr.z_psychologist
Twitter : @drzpsychologist
YouTube : Dr. Jaime Zuckerman
Facebook : @drjaimespinellzuckerman

Publié pour la première fois, sous le titre *Find your calm*,
Aux États-Unis en 2022 par
Wellfleet Press, an imprint of The Quarto Group,
142 West 36th Street, 4th Floor, New York, NY 10018, USA
www.Quarto.com

58, rue Jean-Bleuzen, 92178 Vanves Cedex

Traduction : Emmanuelle Casse-Castric
Mise en page : Frédéric Voisin
Relecture : Marie Gosset

88-8196-7 / 02
ISBN : 978-2-501-17592-0
Dépôt légal : mars 2023
Achevé d'imprimer en Slovénie en août 2024

MIXTE
Papier | Pour une gestion forestière responsable
FSC® C118234